김영래 시인. 소설가. 1963년 부산 출생.

1997년 〈동서문학〉을 통해 시인으로 등단했으며, 2000년 장편소설 『숲의 왕』으로 제5회 문학동네소설상을 수상했다.

세 권의 시집 『하늘이 담긴 손』 『두 별 사이에서 노래함』 『사순절』을 출간했다.

장편소설 『씨앗』 『떠나기 좋은 시간이야, 페르귄트』, 멸종 3부작 『오아후오오』 『신의 괴물』 『무지개 그림자 속을 걷다』를 출간했으며, 중편소설집으로 『푸른 수염의 성』이 있다.

또한, 나무와 숲에 관한 신화 에세이 『편도나무야, 나에게 신에 대해 이야기해다오』, 알베르 카뮈 탄생 백 주년을 기념하는 글 묶음 『알베르 카뮈 ―태양과 청춘의 찬가』를 펴냈다.

가랑잎에 옮긴 2백 개의 비문

가랑잎에 옮긴 2백 개의 비문

김영래

차례

000 이름 없는 묘비

설령 우리가 그들의 이름을 잘못 불러도
동물들은 알아듣는다.
신이 그러하듯이.

나의 이름을 알려고 하지 말라.

001

구름의 발코니 어디에선가
비스듬히 난간에 기대어 미소 짓고 있을 사람.

첫 추위에 가랑잎 쓸리는 소리로 함께 걷다
돌아보면
외등 불빛으로 공손하게 땅바닥을 내려다보는.

002 가랑잎 이불

무서리 내린 가을, 가랑잎 한 장이 옴개구리의 이불이 된다.

팔만대장경을 팔만 부쯤 새겨 흩뿌려놓은 숲.

003

나무가 썩은 곳을 조심스레 떠들쳐 보니
그 안에 벌레들이 살고 있다.
알을 슬어놓은 곳도 있고
겨울을 나려 숨어든 놈도 있다.
내 몸 썩는 곳이 원망스럽지만은 않다.

상처의 집들.

004

다시 시냇물이 뿌리를 간질일 때
갯버들이 느끼는 기쁨을
땅속에 누운 자의 안식으로 바꾸어 생각한다.

어느새 피로 또한 종신의 느낌을 주는 오후.
흐느끼듯 날리는 눈발 사이
떠도는 씨앗 몇.

005 다가온 지평선

이렇게 말해도 될까?
그의 눈에는 우리가 보지 못하는 지평선이 담겨 있다고.
그의 눈을 통해 나 또한 지평선을 볼 수 있게 되었다고.

나는 예감했다.
어느 날엔가는 내가 그 지평선을 향해 걷게 되리라는 것을.

그의 부고가 온 날,
나는 그가 부르는 소리를 들었다.
뜨는 해와 지는 달이 겹쳐지는 새벽이었다.

006 바위 사원

내 집은 바위 한 채.
내 아내는 바위 일인(一人).
내 아들딸은 바위에서 떨어져 나온
씨감자 같은 돌멩이들.
내 꿈은 바위 속에 들어가 사는 꿈.
바위 속에 들어가 자는 꿈.
지나는 길손아, 객승아.
기도도 하지 말고 염불도 외지 마라.
내 절은 바위 한 칸.

007

네 안의 행성 하나가 환히 빛나며 떠오를 때까지
종자(從者)여,

이 어둠을 씻어낼 샘물 한 동이 길어 오라.

008

아무도 그것에 대해 말하려 하지 않았던 불꽃을 스스로 밟
아 꺼버리고
그가 긴 그림자처럼 끌며 걸어간 어둠.

델 듯한 할복의 피 속에 손을 찔러 넣는 밤이여.

009

그림자 지는 쪽을 피해 그림자를 보며 오래도록 걸은 뒤 그림자 없는 어둠이 무엇의 그림자인지 알았습니다.

밤이라는 낱말을 지웁니다.

낮이라는 낱말을 지웁니다.

빛과 그림자가 하나 된 말을 생각해보지만 둘은 늘 하나였기에 하나 됨의 이름 없음을 불현듯 깨닫습니다.

그림자라는 낱말을 지웁니다.

빛이라는 낱말도 지울 수 있습니다.

010 전설

말라버린 샘에 조문을 간다.

샘물이 넘쳐흘렀던 한 시절을 더듬어 추도를 올린다.

많은 샘들을 잃고, 끊긴 수맥들 위에 홀로 서서 이제는 사라진 지상의 성좌들을 밤하늘에서 헤아려본다.

어느 해던가. 사자자리 유성우가 내리는 새벽, 페가수스의 발굽 아래서 정수리의 천문(天門)을 열고 첫 숨을 내쉬었던 샘이 있었다.

별과 샘이 하나의 탯줄로 이어져 있었던 때가 있었다.

011

너의 조국, 나의 조국······ 친구여,
저 먼지투성이 거미줄에 무엇이 걸렸는지 우리 한번 가서 볼
까?

사람의 마을 가까이
산의 거인이나 숲 속 난장이들이
숯가마에서 숯을 굽고
쇳물 끓여 연장을 벼리는 나라에서
신의 황금 가면을 손에 들고
영웅의 무모한 걸음으로 쿵쾅거리며
우리에게 왔던 사람이 있었다.

옛날, 아주 오랜 옛날에.

013 파울 첼란

그곳을 떠나올 때 먹은 석류 한 알의 기억으로
여기,
생의 절반을 어둠으로 매장하고
가묘(假墓)를 세워 미래를 장사 지낸
시인, 잠들다.

014

초설(初雪)의 알곡으로 한 상 지어 올린
그대 영전.

언 몸 푼 단풍잎 하나 누웠고 새 한 마리 다녀갔다.

015

개들이 묻는다.

사람들은 무엇이 두려워
이 뼈다귀들을 이토록 깊이 파묻은 것일까?

016

봄바람 아지랑이 속을 더듬는 지난 가을의 가랑잎 하나.

은실 쪽배를 탄 박주가리 씨앗 하나.

지난해의 과객을 불러줄 낯익은 이름 하나.

017 딱정벌레의 별

동공 없는 안확 속에 흑암만을 가득 담은 우주의 눈이 별들의 묘지로 가는 끝없는 길을 손짓하는 밤.

분별없는 은하의 소용돌이, 지옥불 같은 성운의 폭발이 딱정벌레의 정교한 무늬 위에 어떻게 문진(文鎭)으로 고이고이 내려앉았는지.

018 수골(痩骨)

마구간의 살찐 말들과 달리 준마는 여위었다고 전해온다.
이하(李賀)의 시 한 구절―'옛날에 훌륭한 말(수골)을 두드리면
저절로 구리 소리가 울렸다네.'(「마시(馬詩)」 23수 중 4번째)
다시 한 구절―'마구간 안엔 모두 살찐 말(肉馬)뿐이라
푸른 하늘에 오를 방법 알지 못하네.'(「마시」 23번째)

019 TABULA RASA

그대가 오른손에 쥔 활이
그대가 왼손으로 누르고 있는 현에 닿기도 전에
그대의 울림통이 먼저 운다면

그리고
이미 활이 현을 켜고 지나가고
현을 누르고 있던 손을 뗀 뒤에도
오래도록 울림통이 울고 있다면

그리하여
먼저 울린 소리와 늦게까지 남은 소리가
같지 않음을
그대가 알지 못한다면.

아니,
먼저 운 자와 나중까지도 울음을 그치지 않는 자가
같음을
그대가 모른다면.

* 타불라 라사: 백지. 같은 제목의 아르보 패르트의 음악이 있다.

020 한지에 먹과 얼음

설산의 나무들은 갈필로 세워 올린 무수한 획들 같다.

획들은 거꾸로 된 삐침 획이다.

글겅이로 긁어놓은 소의 잔등 같은 겨울 산에 서슬 퍼런 촉들이 돋았다.

삼수변의 세 번째 획으로 촉을 세운 철필의 끝 끝마다 찌르는 냉기가 빈틈없다.

바람이 불면 세필의 땅에서 하늘을 향해 서릿발이 솟고, 거미줄처럼 투명한 결빙의 현들이 쇳소리를 낸다.

저물도록 바라보노라면
무쇠처럼 담금질된 얼음 종(鐘)에 자칫 온몸이 들러붙고 만다.

021

오늘 나에게 더 큰 쓸쓸함으로 오는 당신은
오지 않는 당신이다.
땅거미 끝자락에서 닿는 당신이다.
내민 두 손이 지워지는 자리에서 돋아나는 당신이다.

022 옹호자를 위한 노래

'우리가 약할 때 여름은 즉시 돌아와야 한다.'
— 김현승 「여름방학」

'나는 여름엔 잘 지낸다. 더위가 나를 감동시킨다.'
— 폴 엘뤼아르 「내 문의 그늘에서」

'우리는 어둠을 모조리 퍼내었다. 우리는 여름을 지나 올라온 말을 발견하였다.'
— 파울 첼란 「꽃」

023 매미와 시인

노래로 자신을 송두리째 들어내고 남은 매미의 살과 껍질은
노래가 자신의 뼈였음을 말하는 것일까?

그렇다면 시인이여,

시로 자신을 송두리째 들어내고도 시보다 오래 남는 시인의 뼈는
시가 그대의 살과 껍질이었음을 말하는 것인가?

024 어떤 성역

마음 안에 없는 성소에서 말씀은 그의 말이 되고
빵과 포도주 또한 그에게서 나온다.
마음 안에 없는 성소에서 그는
이곳이 나의 집이라고 말한다.
문을 잠그고 커튼을 친다.
그 성소의 의심 많은 문지기는
주인의 이름으로 길손을 거부하며 주님을 섬긴다.
그의 허리를 몹쓸 것으로 만든 열쇠꾸러미는
함부로 절하고 함부로 꼿꼿해지며 금괴 소리를 낸다.
마음 안에 없는 성소는 크다.
마음에 담을 수 없다.
들어갈 수 없지만 누구나 볼 수 있다.
주인이 말한다.
마음을 버리고 마음 밖에 있는 성소를 모셔라.
그리하면 너의 마음이 가득 찰 것이니.

025 서쪽 창문의 천사들

고양이의 편식처럼,
강아지풀이 머리를 두는 가을의 방향처럼,
달맞이꽃이 나를 기다렸다는 한 해 한 해 커지는 확신처럼

그렇게
보이지 않는 곳에 숨어 나를 불러들이는 길들.
나를 불러 함께 걷자는 길들.

달맞이꽃이 내가 사랑하지 못한 한 소녀였음을 알게 된 뒤로.
강아지풀이 내가 그리워한 죽은 시인이었음을 깨닫게 된 뒤로.
저녁이면 어김없이 올라앉는 고양이의 창턱이 어느 쪽으로
향하는지 짐작하게 된 뒤로.

아빠, 포도나무 잎을 국기로 가진 나라가 있나요?
담쟁이덩굴로 관을 만들어 쓴 신의 이야기를 들려줘요.
(아녜요. 다시 한 번 더 들려줘요.)
아빠, 비 오기 전날이면 호반새가 물 구슬 소리로 울고
한밤중이면 쏙독새가 절구를 찧는 마을이 있다지요?
솔방울 달린 지팡이로 늘 푸른 봄을 깨우는 그분은
어디쯤 오고 있을까요? 축제를 열어요.
큰 불을 피우면
무기를 내려놓은 손들이 횃불로 타오르는 밤은
참 멋질 거예요. 아빠,
어제는 꿈을 꾸었어요. 고래를 보았죠.

027 물음의 땅

땅은, 그리고 흙은
당신이 그 위나 그 속에
무엇을 파종하고 경작하려는지 묻고 있는
소박하고도 단호한 물음이다.
어떤 계절로 물음에 답할 것인가?
한때 죽음의 열매를 맺었고
또 한때 꺼지지 않는 떨기나무 불을 피웠던
땅은, 그리고 흙은
묻고 있다. 무엇으로도 채워지지 않은,
어떤 대답으로도 채워진 적 없는
조용하고 캄캄한 입을 벌리고서.

028 진영(眞影)

땅을 쓸고 가는 그림자로 새를 본다.
옛 선승의 일대기를 읽고
산사의 부도전에서 비문이 문드러진 부도에 참배하고
진영각을 찾아 고승대덕의 영정을 배알한다.
언제였던가, 오대산 서대암 옆 우통수를 찾았던 것이.
샘의 덮개를 열자 그 안에서
나를 기다리고 있던 얼굴 하나.
하늘을 배면으로 이고 샘의 표면에 떠서
가만하게 일렁이던 샘 안의 영각.
오십 년 세월 땅을 쓸며 걸어온 뭇 그림자들 속
참 그림자는 어느 것인가?
그림자 집의 주인은 누구인가?
물에 비친 그림자에서 탁을 뜬
그대의 영정.

029 옛 거울

많은 뜻 엮었다 풀지 않아 덤불숲 이루었으니
오늘은 그 그늘에 들어 오래 잊은 얼굴 그리워하자.

새로 닦은 거울 속에 오래된 거울 하나
우물처럼 가라앉아 있네.

030

저녁이 오면,

하늘의 처마 밑이
새와 열매들로 가득 차는
여름 저녁이 오면

나 당신을 사랑하지 않고는 견딜 수 없어
끝내 당신 곁을 떠나야 하리.

031 백년 매화

손님이 들고 간 찻잔을 부시듯, 그렇게
오래 걸머지고 다닌 몸 부려놓고
동공 없는 눈으로 물끄러미
낙백의 땅을 바라보는

꽃.

이제 몸은 얼마나 가벼운가.
떨어져 바닥에 다다랐으니
혼에서 놓여난 몸은 얼마나 지순한가.

망연자실한 노모의 병상에서
곱이 낀 그녀의 눈은
몸의 무게란 그저 한 줌 영혼의 질량이라고
되뇌는 것일까?

먹고 싸고, 먹고 싸는 일로 진집이 난
욕창을
가볍고 지순한 눈으로 물끄러미
바라보는

꽃.

이른 봄,
저 햇것인 백년 매화.

032 오세암

흘러 내려오는 물을 보며 거슬러 오르던 길을 되짚어 흘러 내려가는 물과 함께 걷습니다.

당신은 나를 허락하지 않았지요. 솟는 샘의 자리와 별을 담는 혈(穴)의 자리를 나눠 생각하라 하였지요.

산 그림자에 든 물은 푸르고 돌아보는 산봉우리들은 붉습니다.

한 줄기로 괄하게 흐르던 물은 옆구리를 치받으며 얕고 성마르게 파고드는 옆 개울에 조금 완곡하게 여울을 그리면서 앞을 틔워 줍니다.

그 파란(波瀾)의 비늘에 저녁하늘이 비치고, 이제는 앞선 생각들을 지우렵니다.

처음 자리로 돌아왔을 때는 어느덧 밤이었습니다.

033 둥근 여름의 노래

   여름, 오 여름이여, 춤을 추어라. 아니, 이제 그만 춤을 멈추어라.
   너의 젖과 꿀로 다시 한 번 내 혀를 적시고 배를 채울 수 있게끔.

   스스로를 태우면서 수없이 그 둘레를 싸고도는 춤.
   춤은 물로써 타고 숲으로써 타고 바위로써도 탄다.
   죽은 달로써도 탄다.

   여름, 오 여름이여, 다시 한 번 춤을 추어라.
   너의 춤이 멎을 때 내 달려가 다시 한 번 너의 젖과 꿀을 빨 수 있게끔.

034 수국

새벽, 백 개의 눈이 열린다.
백 개의 문들. 백 개의 길들.

얘야, 수국 보러 가자.
꽃보다 먼저 가서 꽃을 깨우자.
눈뜬 꽃잎들 위에 청개구리 한 마리씩 올려놓고 오자.

감긴 눈을 보는 눈은 얼마나 뜨거울까.
새벽이 그 안을 들여다보는
꽃봉오리들은 얼마나 눈부실까.

수국은 눈 속의 눈.
여름 들판의 흰 암소들을 지키는
목동의 꽃.
아르고스의 꽃.

얘야, 수국 보러 가자.
활짝 펼친 공작의 깃에
백 개의 눈을 달아주고 오자.

비우면, 그저 비워놓으면 남몰래 오는 당신은 한 마리 참새이거나 족제비, 길고양이일 수 있고 떡잎 두 장으로 봄을 여는 씨앗일 수도 있지요.

누굴 부를까 생각한 바 없이 묵은 먼지 털고 쓸고 닦아놓으면 그것이 앉은뱅이책상이든 툇마루든 좁다 너르다 타박 않고 오는 당신은 밀알 같은 햇살일 수 있고 길을 잘못 든 조각 바람일 수 있고 한소끔 끓다 냉담해진 사랑일 수도 있지요.

그렇게 내가 비면 찾아오는 당신은.

그렇게 비우면 채워주는 당신은.

홀연히 와 있는 당신은.

036 식인 소나타

코브라가 머리를 세운다.
태양과 흑암을 절반씩 정교하게 나눠 가진
선악의 대가리.

꼬리 쪽 몸의 반으로 꼬아 만든
연꽃 대좌 위
꼿꼿하게 세운 뱀의 몸통이 움직일 때
그 미세한 떨림 앞에서
천 개의 눈을 가진 공기의 비늘은
순간의 눈 깜박임도 허용할 수 없으리라.
들이쉰 숨을 뱉으려 할 때의 작은 떨림조차
용납할 수 없으리라.

그렇게
높이 올라간 피아니스트의 왼손이
허공에서 주문을 건다.
맹독의 상형문자.

수천 청중의 눈이
허공의 건반 위에서 박제되어 빛난다.

037 흘러간 뱃사공의 노래

혈류가 고르지 않아.
부정맥이야.
변덕의 가장 심오한 깊이에서
좌우 날개를 바꿔 달아봐.

흘러가는 강물과 흘러오는 강물
양옆에
피차(彼此)의 기념비로 세워놓은
그대들의
고루하기 짝이 없는 신념들.

나룻배가 떠내려가 버린,
화려했지만 황폐해진 나루터에서 소리 높여 부르는
흘러간
뱃사공의 노래.
안녕, 청춘이여. 이상이여.

신물 나지 않아?
아래로는 물귀신의
머리끄덩이 같은 이끼.

위로는
잠복근무 중인 위장 혁명가의 거미줄.
이끼에 포박되고 거미줄에 포집된
지루한 고집들.

심근경색이야.
양성자, 음이온의 물류소통이 끊겼어.
자리바꿈에 능한
비전향 장기수들의 돌림노래로 찌무룩한
창공. 안녕,
청춘이여, 이상이여.

038

한 인간의 머리와 등가물인 춤이 극점에 자리 잡고 있으니,
시가 선지자의 머리를 시구 하나로 구애할 수 있으니
시인이여, 시를 자유롭게 하라.
효수된 몸통은 풍화에 던지고
그 머리통은 놋주발에 담아
사계절의 바람에 진상하라.

나는 몰랐다. 너희들이 신발을 바꿔 신었다는 것을.
어떤 녀석은 남의 신발을 신었고
어떤 녀석은 좌우 신발을 거꾸로 꿰찼다.

새들의 두 날개가 갈렸다.
어떤 새는 이미
두 울음을 울기 시작했다.
날개가 나뉘어 날지 못하는 새는
새벽노을과 저녁놀이 동시에 번지는 지평에서
두 개의 언어로 구원을 청한다.

강 건너에서 배운 사랑의 언어와
강을 건너와 익힌 증오의 언어로.

040 허만 멜빌

그의 생애 마지막 십 년은
목구멍 속에 갇힌 목소리 같았다.
샘의 처음으로 돌아가
맴놀이 치는 수맥.
웅숭깊은,
동맥이 끊긴 언어의 동굴.
그리고

그에 앞선 또 다른 십 년은
닫힌 눈꺼풀 안에서 물음 하나를 응시하는
눈동자 같았다.
교신이 되지 않는,
소리 없는,
캄캄한 세상.

일만 미터의 해연에서 다시는
수면으로 떠오르지 않는
하얀 고래.

모비 딕! 모비 딕!

041 파묘

해질 무렵, 자신의 관을 등에 지고 서성거리는 한 해골을 만난다. 관 속엔 그가 먹은 것, 배설한 것, 그가 한 말, 쓴 글, 비워내지 못한 욕망, 걸러낸 욕심, 반쯤 썩은 그의 살 같은 것들이 들어 있다. 관은 굉장히 무거워 보인다. 해골은 비틀거리면서 간신히 서 있다. 해골이 누워 쉴 곳은 관 속밖에 없는데 그관이 다른 무엇으로 꽉 차 있는 것이다. 해골이 소리친다. 나는 죽었다고. 나를 관 속에 넣어달라고. 그리고 묻는다. 죽어 관속에 든 자는 누구이고, 죽어 관을 짊어진 자는 누구냐고.

042 무반주바이올린파르티타

돼지 피가 흥건하게 밴 악보 한 장.

새벽에 갓 잡아 푸줏간에 실려 온 신선한 돈육 한 근을 싸서 건네준 악보 두 장.

목살 부위만 가지런히 썰어 저울 위에 올려놓은, 짝이 맞지 않는 악보 석 장.

'오늘 아침 푸줏간에서 한 여자가 좋은 콩팥 두 점을 달라고 하더군. 내 차례가 되었을 때 나는 끔찍한 콩팥 두 점을 달라고 말하고 싶었어.'(르네 마그리트)

나는 주문한다.

광우병의 역사에서 삭제된 작가의 자필 원고로 들소 한 마리를 포장해 달라고.

뿔과 터럭 한 올 빠짐없이 통째로 싸 달라고.

나는 푸줏간 주인에게 강조한다. 대놓고 항변한다.

043 불의 공양

불은 먼지만 먹으며 이틀을 버텼다.
불은 자신이 버텨낸 어제, 그 어제의 어제를 먹으며
다시 이틀을 더 버틴다.
인내는 오래 가지 않을 것이다.
그가 굶주려 죽기 전에,
그가 죽고 그대가 암흑 속에 눈먼 채 던져지기 전에
먹을 것을 좀 던져주어라.
그대의 옷, 머리끄덩이, 손톱이나 발톱,
그대의 팔다리, 그리고 또……

044

우리 공멸의 폐허가 죄다 흙먼지 되어
달빛 아래 선잠 든 모래알들이 잠꼬대하듯 구슬소리 내면
사막 한가운데 덩두렷하게 솟은 언덕 꼭대기에
어떤 모래 한 알을 허망의 기념비로 올려놓을까?

045

실향한 시앗의 살림살이 같은,
외간남자의 씨알을 끌어다 탱탱하게 부풀어 오른 젖퉁이 같은
산하여.

보라.
이제 이 들에는 아무것도 없다.
벼 그루터기까지 파헤쳐진 뒤
모든 것이 땅을 굽어본다.

흙 알갱이와 흙 알갱이 사이조차 멀다.

046 가랑눈

저물면서 흩뿌리기 시작한 가랑눈은 솔가지를 부러뜨릴 듯 무겁지만 날이 밝기가 무섭게 모래성처럼 무너져 내립니다.

골안개 같은 구름과 함께 머물며 흐느끼다 가볍게 흩어져 가는 것이지요.

여러 차례 내린 3월의 눈은 그렇게 골짜기의 목울대를 얹힌 곳 없이 풀어놓았습니다.

생전 말이 없다가 꿈속에서 자주 울다 가는 당신 같았습니다.

047

가을이 오면, 샘이여, 이제 돌아갈 곳을 생각한다.
지혈이 되지 않는 너의 기억은 결빙의 가장자리를 녹이며
돌아갈 곳 없음을 생각한다.
얼지 않는 너의 겨울을 문턱으로 삼고
두 세계 사이에서 나는 피립(跛立)한다.
하늘을 디딘 한 발, 문턱 안쪽으로 뻗은 또 한 다리는
나를 백로나 왜가리처럼 보이게 하리라.
가을이 오고 또 겨울이 오면, 샘이여,
나는 너에게로 돌아가
더 갈 곳 없는 세계의 꿈에 눈을 감는다.
좀 더 가자는 속삭임도 눈감아준다.

어느 고단한 날, 꿈속. 새벽안개 속에서 누가 물었다.

"이봐, 폴! 어딜 가나?"

"일하러 가네."

"오늘 같은 날은 하루 쉬지, 그래?"

"왜, 무슨 날인데?"

"친구 문상을 가야 하네."

"별스럽긴. 친구 문상을 가는데 내가 왜 쉬어야 하나?"

가던 길을 계속 가려다 세잔이 묻는다.

"근데 그 친구 이름이 뭔가?"

"폴 세잔이라고 하네."

"……그렇군. 오늘 하루는 쉬어야겠군."

049 보화(普化)

그는 아침이면 묘지에서 나와 저녁이면 묘지로 돌아갔다.

그는 요령을 흔들며 저잣거리에서 걸식했고 묘지에서 노숙했다.

그는 소리쳤다. "밝은 것이 오면 밝은 것으로 치고

어두운 것이 오면 어두운 것으로 치고

사방팔면으로 오면 회오리바람으로 치고

허공으로 오면 또한 계속 친다."

누가 물었다. "밝지도 어둡지도 않은 것은 어떻게 합니까?

아무것도 오지 않을 때는요?"

"내일 큰절에서 공양이 있을 것이다."

사람들은 그를 미친 중이라고 했다.

어느 날 그가 관을 짊어지고 거리에 나타났다.

"나는 내일 동문으로 가서 세상을 떠나리라."

이튿날 사람들이 동문으로 몰렸다.

"오늘은 날이 좋지 않다. 내일 남문에서 세상을 떠나리라."

다음날도 헛걸음을 하자 사흘째 되는 날은 따라와 보는 사람이 없었다.

그는 혼자 성문 밖으로 갔다. 스스로 관 속에 들어가

지나가는 사람에게 관 뚜껑에 못을 박아달라고 했다.

소문이 퍼지자 사람들이 앞 다투어 몰려와 관을 열었다.

그 속에 그의 흔적은 없었다.
요령 소리만 쟁쟁하게 허공을 떠돌았다.

050
|
099

050 불타는 머리

추운 겨울밤, 스승이 묻는다.
"화로에 불씨가 남았느냐?"
제자가 화로 속을 뒤진다.
"다 꺼졌습니다."
스승이 화로 속을 샅샅이 뒤지더니 불씨 하나를 찾아낸다.
"이래도 다 꺼졌단 말이냐?"
순간, 제자의 머리에 불이 붙는다.

그 겨울밤 선방의 화로를 생각한다.

*이 비문은 『위산록(潙山錄)』에 나오는 백장스님과 위산스님의 문답을 토대로 만들어졌다.

051 빈집

아마도 1887년과 1888년 사이에 남긴 기록이리라.
니체는 쓰고 있다.
'나를 잊기 위한 자유를 내게 허용한다.
내일은 다시 나의 집에 있으련다.'
나를 잊기 위한 자유를 스스로에게 허용한 그날,
니체는 어디에 있었을까?
누구의 집에?

052 쪽배

하늘을 향해 수화를 하는 사람.
그의 기도는 여러 개의 언어로 이루어졌었다.
평생에 걸친 기도였다.
최후의 방법으로 그는 수화를 배웠다.
응답이 있었다.
때론 비가 내렸고 때론 눈이 내렸다.
우박이 떨어지기도 했고 진눈깨비가 쏟아지기도 했다.
별똥별이 떨어졌고 유성우가 내리는 밤도 있었다.
어느 날 그의 모습이 보이지 않았다.
재개발이 시작된 그의 쪽방은 텅 빈 거룻배 같았다.
왜 그랬는지 모르지만 나는 우주선을 떠올렸다.

053

깨진 꽃병을 붙여본 사람은 안다.
그토록 그 꽃병을 값지게 했던 것이 어쩌면
깨어질지 모를 꽃병에 대한 자신의 두려움이었다는 것을.
꽃병과 함께 두려움이 깨어졌다는 것을.
깨진 꽃병은 붙일 수 있지만 두려움은 다시 붙일 수 없다는 것을.
자기 자신이 두려움으로부터 놓여났다는 것을.

054 위장침투의 밤

장 폴랑이 장 그르니에에게 보낸 편지 한 구절.

'페브르 씨는 가정에 대한 애정이 사라졌다고 느껴질 때면 굴뚝을 통해 자기 집에 들어가곤 했다지요. 문학이라는 낡은 집에 들어가는 것도 어느 정도는 이와 같은 방법이라야 할 것입니다.'

그렇다. 오늘 나도 색다른 귀가 방식을 취한다.

우리 집엔 굴뚝도 월장할 담도 없다. 나는 4층짜리 다세대주택을 거미인간처럼 타고 오른다. 1층 발코니 난간에 올라선 뒤 도시가스 배관을 붙잡고 2층으로, 2층 발코니 난간에서 잠시 쉰 뒤 다시 배관을 붙잡고 3층으로, 3층에서 4층으로.

그렇게 간신히 우리 집 발코니 난간을 움켜잡았는데 아뿔싸, 새시 문이 잠겨 있다.

나는 문을 두드린다. 소리친다.

055 반가사유의 안개

서리 내린 아침,
내리쬐는 햇살과 모락모락 피어오르는 수증기.
안개는 이중운동의 산물이다.

한 발은 허공에 두고 다른 한 발은
땅을 딛고 선
이율배반의 정신.
초월에의 의지와 착근에의 꿈.
모순은
변증법이라는 수순에 기대어
무료 환승을 꿈꾸지 않는다.

모순은
양쪽으로 부딪치는 무모함이다.
이쪽과 저쪽 똑같은 힘으로 부딪치는,
부딪칠 수밖에 없는 처절함이다.
역설의 힘이다.

오른쪽에서 당기는 힘과 왼쪽에서 당기는 힘이 동일할 때,
오른쪽에서 미는 힘과 왼쪽에서 미는 힘이 동일할 때

터질 듯이 팽팽해지는 온몸의 근육.

하늘에서 끌어올리는 힘과 땅에서 끌어내리는 힘이 동일할 때,
하늘에서 짓누르는 힘과 땅에서 띄워 올리는 힘이 동일할 때
수천 수억 개의 과육으로 으깨어질 듯 탱탱해지는
혼신의 신경세포들.

반가사유의 정신.
바로 그것, 절벽에 걸터앉은 자의 노래.

056 순례의 돌

크지도 무겁지도 않은 돌 하나가 먼지투성이 길바닥에 뒹굴 때, 먼 길을 떠나온 어느 순례자의, 기쁨으로 가득한, 그렇지만 오랜 여정에 지칠 대로 지친 눈에 띄어 그의 가슴에, 그의 행낭에, 또는 그의 주머니 속에 놓여 다시 먼 길을 갈 때면 돌은 하루가 다르게 커지고 무거워져 순례자는 성지에 다다르기 전에 힘겨움을 견디지 못하고 돌을 길가에 내려놓고야 맙니다.

오래전에 그 돌에 관한 이야기를 들었습니다.
오랜 세월이 흐른 뒤 그 이야기가 불현듯 생각났습니다.
이제는 어디서 들었는지 어느 책에서 읽었는지 분명하게 기억할 수 없는 이야기 속에서 돌의 여행은 그렇게 계속되었습니다.

한 순례자의 눈에 띄어 그와 함께 가다가 버려지고 또 다른 순례자와 함께 여행하면서 돌은 한 걸음 한 걸음 성지를 향해 나아가는데, 그 이야기의 끝을 기억하지 못하는 나로서는 돌이 성지에 다다랐는지 어쨌는지 알 수가 없습니다.
먼지투성이 길바닥에 나뒹굴 땐 크지도 무겁지도 않은 돌이 순례자의 수중에선 도무지 옮겨갈 수 없을 정도로 커지고 무거워지는 까닭도 알지 못합니다.

다만 오래전에 들은 이야기가 어느 날 불현듯 생각났을 때, 어쩌면 그 돌이 먼지투성이 길바닥 같은 내 가슴 속에 버려진 채 뒹굴고 있었던 게 아닌가 하는 생각이 들었습니다.

그리고 하룻날의 여정을 끝내고 잠자리에 드는 밤이면 나 없이도 누군가에 의해 여행을 계속하고 있을 그 돌을 가만히 떠올려보곤 합니다.

057 길앞잡이

길앞잡이야. 길앞잡이야.

어느 먼 길 돌아 너는 뉘 문중인지 알 수 없는 다 쓰러져가는 재실 볕 쟁연한 마당에서 희롱하듯 요리조리 몰아가며 서리태처럼 까만 곰개미를 맛있게도 먹고 있구나.

길앞잡이, 길앞잡이야.

청동 홍옥 감람석 갑주로 온몸을 두르고 그 신비스러운 광석의 음률로 그리도 가볍게 날아 사금파리처럼 부서지는 정오의 햇발 아래 90도 회전 착지를 하는

길앞잡이야.

너의 길을 네가 모를 리 없건마는 오늘은 길 밖에 나와 물웅덩이에 내려앉는 벌들을 쫓고 바람에 뒹구는 가랑잎을 탐문하며 '영(永)'자와 '모(慕)'자 사이에서 동강난 다 썩은 편액 위를 널뛰듯 넘나드는구나.

길앞잡이야. 길앞잡이야.

무너진 흙담, 멸문한 폐가의 사주문 밖은 황토색 유충 같은, 콩가루 입힌 유밀과 같은 솔꽃이 비처럼 나리는 길, 연륙교가 놓인 어디 먼 섬까지 이어진다는 아지랑이 자우룩한 길이다.

74

내 마침내 길 위에 서면, 길앞잡이야,

네 기꺼이 내 앞장을 서려는가. 흙먼지 뿌얀 발부리 앞으로
길을 터 주려는가.

058 끝나지 않는 작별

내 귓속에
한 번도 발성되지 못한 음표가 있는지,
단 한 번도 표기된 적 없는
낱말 사전이 감춰져 있지나 않은지
쑥덕거리며 귀이지를 뒤지는
바람아.

눈에 보이지 않는 솜털 하나하나 일으켜 세워
그 끝에 물방울의 사원을 짓는
가랑비야.

낮은 속울음으로 내 품속에 몰래 둥지를 틀고 알을 품은
노래의,
언어의
하얀 비둘기들아.

안녕. 안녕.
은회색 떠돌이 늙은 수컷 늑대의 미소를 띠고 내게로 왔던
손짓들, 부름들, 인사들.

059

앞산 너울이 뒷산을 받쳐 올리며
결코 평행하지 않는 두 겹의 선으로
레일바이크를 타듯 현을 켤 때
앞산은 봄 아지랑이에 흔들려
밀물지듯 다가들다 녹아내려 아득하고
그 물마루에 선 뒷산은
연무 속에서 꽃도 잎도 아닌
환영의 꽃잎들로 흩뿌려져 자욱하니
삶의 앞뒤 없음 또한 꿈속 같다.
자욱하고 아득하다.

060 완성되지 못한 악보

어쩌면
오래도록 열어보지 않았던 서랍
그 속에, 또는
책꽂이 맨 아랫단 구석진 곳에 꽂힌
빛바랜 책
그 위에 소복이 쌓인
찌든 먼지에서 들려오는 소리인지도 모릅니다.
누구의 유품인지 모를 반닫이의 문을 여는 순간
혹 피어오르는 곰팡내 같은 속삭임,
그저 제 집 동거인의 각질이나 주워 매달고서
몇 차례 허물을 벗은 거미의
쇠잔한 기척 같은.
들여다보려 하면 뿌옇게 흐려지고 마는
창유리, 늘 어떤 낯선 얼굴,
해면처럼 구멍이 성성하여
제 스스로가 자신의 존재로부터 끊임없이 유실되고 마는
그런 얼굴을 투영하고 있는
청동거울 같은.
어쩌면 바로 그런 목소리,
그런 속삭임인지도 모릅니다.

내가 그토록 아름다운 노래로 기억하고서
평생토록 악보에 옮기려 애쓰면서도
이루지 못한
그 꿈은.

061 정원에 핀 꽃 한 송이

호수 위의 물결 같고
물결 중에서도 가장 낮은
물마루 같고
아주 가끔 물결에 부딪친 바람이 일으키는
물거품 같고
수면의 양력을 타고 수평 비행하는
쇠백로의 날갯짓에 흩뿌려진 물방울 같고
그 물거품들, 그 물방울들에 맺혔다 미끄러지는
햇살 같은,
온갖 빛의 분말 같은, 그러면서도
깊이에 대한,
내부에 대한,
심지어는 근원에 대한
어떤 환상도 의심도 갖지 않는
반지랍고 찰나적인
표면 같은,
물의 표피 같은
쓸쓸함.

그것을 마주한 뒤로,

가득하게 안아본 뒤로
이제는 자주 울지 않습니다.

어제 저녁에 핀 꽃 한 송이를 지금 보고 있습니다.

062 춘설

눈 속에서
팔십까지 세다 만 고송의 나이테.
나무는 그해 봄에 쓰러졌지.
절명하지 않은 나무를 베어내야 했지.
춘설, 그 젖은 눈.
격렬한 힘에 장악되어 석화되어가는
송진의 나이테. 생각나는가?
분노와 냉담이 함께 울부짖고 있던
그 동심원들. 그것에 대해
우리 다시 한 번 말하자고 기약했던 게
바로 이즈음이 아니었던가?

063 독수리 파블로

군인들이 이슬라네그라에 밀어닥친 밤. 지휘관이 총을 들고 네루다의 작업실이 있는 위층으로 오자 시인이 말한다. "잘 둘러보게. 이곳에서 자네에게 위험한 것은 딱 한 가지뿐이네. 시 말일세."

파블로 네루다는 1973년 9월 11일 군사 쿠데타가 일어난 지 십이 일 뒤인 9월 23일 밤에 숨을 거둔다. 그가 임종하고 며칠 뒤 발파이소에 있는 그의 집에 독수리 한 마리가 발견된다. 주인이 없어 문을 다 걸어 잠근 집에 어떻게 독수리가 날아든 것일까?

네루다는 언젠가 이런 말을 했다. "다음 생이 있다면 말인데, 그렇다면 나는 독수리로 태어나고 싶어."

064 사라진 언어

16세기 오스만 제국의 궁전에서 사용된 수화. 벙어리에다 대부분 귀머거리인 하인들은 완벽한 기밀을 보장했기에 궁전에서는 '딜시즈(dilsiz)'라고 불리는 이들을 선호했다. 그러다 보니 자연스럽게 수화가 발달한다. 1599년에 오스만 궁을 방문한 한 영국인은 이렇게 기록하고 있다. '삼백여 명의 하인이 듣지도 말하지도 못하는 벙어리였다. 그들은 화려한 금빛 가운에 가죽 반장화를 신고 있었다. 나는 그들에게 정말 감탄했다. 완벽한 몸짓으로 내게 모든 것을 이해시켰기 때문이다.'

술탄도 수화를 즐겼다. 수다를 좋아하지 않는 튀르크 인들의 근엄함에 걸맞은 방식. 술탄의 왕비나 후궁들도 마찬가지였다. 제2의 언어로 사용된 수화는 일반 사회에서도 수세기 동안 정교하게 다듬어져 전수되었다. 그러나 오스만 수화에 대한 역사적 기록은 몇 장의 삽화뿐. 말 없는, 언어 밖의 언어는 제국과 함께 사라졌다.

065 알츠하이머 씨의 마을

바람 속에서 그 늙은이가 노래를 부른다.
일곱 마리 새끼를 낳은 고양이와
까치 부부와 이야기를 나눈다.
그 늙은이는 아주 이상한 말을 쓴다.
정오의 태양 아래 얼핏 스친 달빛 언어.
달이 제 샘에 곡괭이질하여
수년 전에 수맥을 끊어놓은 모래 언어.
밤하늘에 뜬 무지개 언어.
죽은 개들이 짖고
끊긴 전깃줄이 휘늘어져 방전을 일으키고
희번덕거리는 섬광 속에서 한 여자가 고등어를 굽는다.
빈 땅에 집이 지어지고 수십 년이 흘러
아무도 살지 않게 된 이야기를
폐가는 한 문장으로 말한다.
하루에도 수십 번씩.
문장들은 다르면서도 겹쳐지고
폐가는 자기만의 나이테를 갖는다.
그 나이테를 세는 방법은 바람이 다르고
비가 다르고 눈보라가 다르다.
영(零)을 향해 거꾸로 세어가는 동심원들.

저기 늙은 감나무들이 빗더선 길모퉁이를 돌아가면
한때 영혼이 깃들었다 빠져나간 몸뚱어리 같은
집 한 채가 있다. 밤이면
늙은 여자가 머리채를 풀어
마른 우물 속에서 잔별들을 길어 올리는.

066 보석의 발견

상인이 말했다. "이 꿀은 백 년 된 꿀이오."
순간 생의 단위가 해에서 광년으로 바뀐다.
나는 백 년의 금욕과 백 년의 고독이 피워 올린
돌이 된 불을 떠올렸다. 그러자
백 년 동안 빛나지 않던 별이 떠올랐다.

067 심검당(尋劍堂)

일용의 열두 때 생각 생각이 바뀌는 마음을
이제
화두를 뱉어버리고 우연의 광란에 맡긴
들불의 길로 삼아라.
가을들판에 거칠게 번지는 불.
돌아가 다시 날을 세우지 않고
무명초의 뿌리까지 태워버리는
화염의 칼.

068

내가 찾은 샘들은 거의 대부분
내가 발을 잘못 디딘 웅덩이였다. 그렇지만
그 많은 실패가 샘을 고갈시키지 못했고
내 꿈은 웅덩이들 밑으로 깊게 우물을 파 내려갔다.
그렇게

결코 치유를 바라지 않는
몹쓸 지병 같은 광맥들이 자랐고
그 속으로 수맥이 뻗쳤다.
나는 조금씩 이해하기 시작했다.
강의 발원지를 찾아가는 또 하나의 길을
내가 오랫동안 더듬고 있었음을.

꽃이 주먹을 쥐었다.
꽃의 주먹은 붉은 돌 같다.
피 흘리는 돌이다.
꽃은 말한다.
받아들일 수 없다고.
펼 수 없는 손가락들만큼의 치욕이 있었다고.
분노는 딱딱한 향기가 되고
피떡 같은 수액이 되었다고.
꽃은 주먹 위에 다섯 꽃잎을 내어
주먹은 더욱 커진다.
더욱 커지고 더욱 붉어진 꽃의 주먹을
나는 꺾는다. 그리고
그 주먹을 내 손바닥 안에 감춰 쥐고서
나는 내 주먹을 바지주머니 속에 찔러 넣는다.

070 장미의 기도

장미나무가 장미를 바치는 형상으로,

한쪽 무릎을 꿇고
상체를 십오 도쯤 숙이고
두 손으로 꽃바구니를 건네는 자세로

꽃은 담장을 넘었다.

그대는
그대 마음의 울타리를 허물어라.

071 몰두

대가리서부터 반쯤 땅속에 박힌
얼룩무늬 뱀의 긴 하체는
풀잎으로 꼬아 만든 이상한 노끈 같다.
무심결에 지나치다
흠칫 놀라 발을 헛딛는다.

뱀은 땅속 무언가에 집중하고 있고
그 집중은 결사적이다.

나는 놈의 꼬리를 밟기 직전에
하늘에서 땅으로
몰두의 머리를 숙이며 휘청거렸지만
놈은 아무것도 모르는 채
대가리를 땅속에 처박고 있다.

빳빳하게 힘이 들어간
저놈의 꼬리를 힘껏 잡아당겨
내 존재를, 죽음 직전의 위험을 알려줄까
생각다가 발길을 돌린다.

—

내가 한입에 꿀꺽 삼키려 했으나
덥석 물지도 못한 내 사유의 다람쥐나 등줄쥐를
놈이 기어코 잡아
무방비상태로 내처둔 하반신에까지
집중된 생명력을 고스란히 순환케 하길 바라면서.

072 어화둥둥

.

  지난 가을 갈잎으로 부스스하게 덮인 내 겨드랑이 언저리에
서 또 무얼 하는지 부스럭대는
  사람아.

  서리 내린 아침이면 돋는 해에 언 몸 데우느라
  서릿발 돋는 저녁이면 다람쥐 꼬리마냥 동그랗게 몸을 마느라
  꼬무락거리는, 연신 꼬무락거리는
  사람아.

  굴 안으로 숨는 뒤쥐인가.
  댓잎 스치듯 스며드는 실뱀인가.

  깊은 적막,
  케케묵은 침묵에 들어
  나 이제 백 년쯤 잠들려 하는데
  잊을 만하면 부스럭대고
  자리끼만큼 꿈이 괼 만하면 꼬무락거리는,
  꼬무락거려 선잠을 깨워놓는
  진망궂고 얄궂은
  사람아.

꽃 귀 트이는 소리, 싹눈 뜨는 소리, 새알에 실금 가는 소리
로 꼼지락거리며 잠꼬대하는
내 미쁜
사랑아.

그토록 곁을 주지 않으려 했음에도
내 곁에 있는
기꺼운.
느꺼운.

073 태워라, 철쭉!

수컷 순록의 뿔이란 뿔은 모조리 잘라다가

꽃사슴 수놈의 대가리란 대가리는 또 모조리 잘라다가

탐욕스레 가지를 쳐서 뻗은 촛대의 끝 끝마다

발정난 해의 나이테가 빠짐없이 새겨진 용두(龍頭)의 끝 끝마다

음핵의 선홍빛이 끓을 대로 끓다 한소끔 쉬어 냉염해진 꽃분
홍의 불을 붙여

태워라, 철쭉!

소백에서 태백으로, 덕유에서 세석으로

백두대간 등허리마다 화촉을 지펴

태워라, 철쭉!

연화(蓮花)의 경(經) 갈피마다 화냥기를 질러.

여러 번 메마른 가슴에서 숨은 물줄기들을 더듬어보았고
또 여러 번 메마른 가슴에 아주 먼 데서 물줄기를 끌어다 대기도 했지만

때로는 물끄러미 메마른 가슴을 바라다보고
알면서도 오래오래 모른 체 내외도 하고
또 때로는 메마른 가슴에서 메마름과 가슴을 나누어 볼 줄도 알게 된

사람.

오늘은 그를 만난다.

푸진 눈에 한 이틀 길이 끊겼고
그 길은 꽝꽝 얼어붙었고
얼었던 길은 녹아 걸음걸음이 진창이다.

075 몸 없는 그림자들을 위한 세레나데

나, 아니 그대는
단 한 번도 자신의 몸을 가져본 적 없는
쓸쓸한 그림자.

11월의 비 내리는 저녁,
언제 어떻게 어둠이 움을 틔웠는지 알 수 없는
거리 모퉁이에서
오늘은 늙은 은행나무의 모습으로 서서
인적 뜸한 시가지를 굽어보고 있네.

포석 위에 착 달라붙은 광고지 위로
잡아 늘인 듯 길어지는 그림자들.
구름이 물방울로 맺히는 머리 위엔
별과 별 사이를 이동하듯 까마득한
철새들의 울음소리.

나, 아니 그대는
몸을 챙기지 못한 그림자들의 불안이
도둑고양이처럼 꼬리 사리는 것을 지켜보며
혼잣말을 중얼거리듯, 또는

콧노래를 흥얼거리듯
노란 은행잎을 투전처럼 흩뿌려보네.

이 텅 빈 거리에서
한낱 중얼거림일 뿐인 낙엽의 말과
고양이 콧수염에 빗방울을 올려놓는
독무(獨舞)의 노래를 듣는 이 없지마는
나, 아니 그대가

11월의 비 내리는 저녁,
여섯 시 종이 울린 지 한참이 지난 성당 모퉁이에
늙은 은행나무의 모습으로 그림자를 걸어두고
길을 떠난다면 죽음은
나, 또는 그대를 추적할 수 있을까?

삶이 발자국을 잃고 말 것인가?

나는 들었다. 어떤 고장에는 자신의 가장 아름다운 깃을 구름에게 건네고 죽는 새가 있다고.

그리고

깃으로 된 구름은 고귀한 정신이 눈을 감을 때면 지상으로 내려와 그 영혼을 하늘로 실어간다고.

077 곧

죽기 팔 개월 전, 일흔아홉 살이 된 쾨니히스베르크의 영원한 시민 임마누엘 칸트는 쾨니히스베르크를 벗어나기 위한 첫 여행을 떠난다.

6월의 어느 화창한 아침, 제자와 함께 길을 나선 칸트는 마차가 쾨니히스베르크의 경계를 넘어서려는 순간, 마차를 세운다. 그리고 왔던 길을 되돌아간다. 출발할 때 그가 한 말은 "멀리! 저 멀리로!"였다. 돌아오는 내내 그가 되풀이해서 중얼거린 말은 다음과 같았다. "절대 이대로 끝난 게 아냐."

그렇다. 무엇이 끝나겠는가. 이튿날 새벽 4시 55분, 늘 그러했듯이 하인이 칸트의 방으로 들어와 말한다. "일어나실 시간입니다."

죽기 전 칸트는 끊임없이 하인을 불러 성가시게 했다. "커피! 커피!" 하인이 곧 커피를 가져오겠다고 대답하면 칸트는 심술궂게 쏘아붙였다. "곧 하겠다? 바로 그거야. 곧 하겠다는 말. 사람은 그래서 행복하지 않은 거야. 곧 행복해질 거라고 하니까."

그 후로도 칸트는 몇 번 더 여행을 꿈꾸었다. 출발은 연기되었다. 내일…… 언젠가는…… 기어코…… 이제 곧.

078 포도나무 성당

사람의 발길이 잘 닿지 않는 성당 뒤뜰 후미진 곳에
종지기가 나무 심는 것을 본 사람은 없었다.
볼품없는 작대기 같았던 묘목에서 싹이 돋아
크고 작은 덩굴손들이 성당 외벽을 타고 오르기 시작한 것이
언제였는지 기억하는 사람 또한 없었다.
그 광경은 마치
생명의 성소에서 따스운 숨결이 새어나와
혹한과 맞닿은 유리창에 얼음 꽃을 피우는 것 같았다.
안과 밖이 통하고 그날
하늘과 땅이 맞닿았다.
그것은 이 땅 어딘가에 자라나는 고치가 있어
그것을 묻어둔 은밀한 곳에서 실을 뽑아
어느 별자리에서 영감을 얻은 옷으로 성당을 감싸는 것만
같았다.
포도나무는 두 그루였다.
두 그루의 포도나무는
서로를 움켜잡았다가 놓고
팔과 어깨를 겯다가도 풀고
오직 보다 높은 곳으로 오르기 위한 사다리로서만 포옹을
허락하며

하늘을 향해 뻗어 올라갔다.

여름이면 셀 수 없이 많은 포도송이들이 열렸다.

성자들의 모습이 새겨진 스테인드글라스에 포도송이들이 열려

태양의 움직임을 따라 한나절 내내

축복받은 그림자들을 늘어뜨렸다.

그러나 그 포도를 맛볼 수 있는 사람은 없었다.

밑둥치가 허리 굵기만 한 포도나무는

십자가를 향해 높게 자라 누구의 손길도 미칠 수 없었다.

덩굴이 종탑에 다다른 어느 해 종지기가 죽었다.

새로 온 젊은 사제가 종탑에 올랐다.

사제가 종을 치자 포도송이들이 떨어졌다.

비둘기 떼가 날아올랐다.

079 천사와의 싸움

그놈은 피 냄새를 풍기면서 왔어.

피 웅덩이에 온몸을 담근 뒤 그 굳은 피로 털끝을 가시처럼
곤두세우고서.

내가 겪은 수많은 밤들 중에서 단 하나 꼽을 수 있는 어둠,

바로 그 중심으로부터 불쑥 솟아나온 것 같았던

놈의 체취. 그렇게 놈은

어둠을 휘저어 귀화(鬼火)의 회오리를 일으키며

턱석 내 어깨를 낚아챈 뒤 순식간에 허리를 움켜잡았지.

단호하고도 완강하게.

순간 나는 느꼈어. 그 어림잡을 수 없는 검은 덩어리에서

방금 멱을 따 피를 뺀 숫양의 냄새가 난다는 것을.

뜨겁고 미끈거리고 아직도 공포의 울음소리가 남아 있는.

내겐 오직 한 생각뿐이었어.

어떡해서든 놈을 떼어놓아야 한다는 것.

나는 놈을 후려치고 메치고 대지의 뿌리를 뽑듯 들어올리고

메어꽂았지. 얼마나 시간이 흘렀을까.

불현듯 목소리가 들렸어. "시간이 되었다."

바로 그 순간 날 움켜잡고 떨어질 줄 몰랐던 놈의 손이

힘을 풀더군. 다시 목소리가 들렸어.

"그만 되었다. 쉬어라." 그러자 홀연히 한 줄기 찬바람이 불

었어.

그때 나는 깨달았어. 내가 온몸으로 끌어안고 씨름했던 것이
어둠이라는 것을. 암흑의 입으로 내 귀에 속삭인 목소리는
다름 아닌 나 자신의 목소리라는 것을. 밤은
아주 짧은 순간 피었다 지는 사막의 꽃향기로 가득하였지.
별빛 한 줄기 없는 밤이었어.

080 후쿠시마, 그 후

봄이 수상해. 5월인데도
두꺼비들이 동면에서 깨질 않아.
도롱뇽 한 마리가 유아독존의 사지(死地)에서
페인트 통에다 알을 슬었어. 암수딴몸인 봄이
수절을 지키기로 했다더군.
머리 둘 달린 뱀의 욕망은 피임이 되질 않아.
두 개의 머리는 네 개의 머리를 낳고
네 개의 머리는 서로를 물어뜯어 머리 없는 뱀을 낳고
머리 없는 뱀은 용두질로 머리뿐인 뱀을 낳고
산아제한이 되지 않는 이 기하급수적인 증식의
용수로. 신선할 것 없는 생명들이
경이로움의 우상을 세워 경악의 봄을 움틔웠어.
초혼이 아닌 자들의 처녀생식.
동정녀가 아들을 낳고 그 아들이
동정녀의 씨를 뿌리고 자웅동체의 신화적인 밤이
거인의 보폭으로 걸어오는 봄. 수상해.
오지 않는 황사가 미심쩍어.
송이버섯처럼 발기된 흰 구름 아래
자정이 지난 환한 밤은 우주로의 항행을 시작하고
대뇌피질이 벗겨진 꿈들이 쉬어가는 우주 정거장엔

머리 넷 달린 뱀과 머리 넷을 다 뜯어먹은 뱀이
흘레붙고 검은 페인트 통 속에 뿌려진
도롱뇽의 알처럼 부유스름한 띠를 두르고 배회하는
미세먼지의 대륙들. 성운의 제국들.
수컷의 몽정에서 정액의 핵만을 뽑아 고배율로 융합시킨
욕망의 원자로들.

081 천사의 시집

추락한 적 없는 천사들이 세운 지상의 도시에서
붉은 책,
악마의 책을 꿈꾸었던 시인이 있었다.
그 책은 완성되지 못했고, 대신 시인은
추락한 적 없는 천사들의 도시 한복판에서 썼던
자신의 시들을 불태웠다.
장님이 되어 그 자신도 읽을 수 없는 시들이
모두 불태워졌지만 시편들은 그의 가슴에
태워버릴 수 없는 화인으로 아로새겨져 있었다.
아무도 읽을 수 없는, 그가 발설하지 않는 한
존재한 적도 없고 존재하지도 않는 시집 한 권을
시인은 생애의 끝까지, 무덤 속까지 품고 살았다.
그 시집은 태워버릴 수 없었다.

082 사라진 지평선

봐선 안 될 몹쓸 것을 거적때기로 덮듯
그가 온몸을 던져 자신의 그림자를 덮었다.

그의 절명.

'어떤 사람을 아는 사람은
희망 없이 그를 사랑하는 사람뿐이다.'(발터 벤야민)

083 Blood Moon

누군가 말했다.
파울 첼란, 그는 독일 시인이 아니라 독일어 시인이었다.

라이너 마리아 릴케를 생각한다.
프란츠 카프카를 생각한다.
구스타프 말러를 생각한다.

*

나는 나의 언어를 버리지 못했다.
나는 나의 언어를 바꾸지 못했다.

(식에 든 달의 핏빛 난황.
망치로 두들겨 얇게, 납작하게 둥글린
피투성이 계관.)

나는 내 잉크를 피로 바꾸지 못했다.
나는 잉크병을 쏟아 버리고 그 속을
내 피로 채우지 못했다.

*

모국이여.

나라 없는 자들의 그림자 땅인 태토(胎土).

부코비나의 피를 잉크로 찍어 독일어를 써라.

보헤미아의 피를 잉크로 찍어 독일어를 써라.

프라하의 피를 잉크로 찍어 독일어를 써라.

084 망명 시인—요세프 브로드스키를 추모하며

비의 언어는 조성을 바꾸고
성형의 살 속까지 파고드는 가을비.
정거장 불빛 아래
석고로 본을 뜰 수 있을 것 같은 얼굴들은
동토대의 뿌리를 녹이며 얼음과 비의 국경을 넘어온
시인의 실루엣을 감추고 있다.
그의 침묵은 길어져
쓰기와 말하기 사이에서 언어가 두 갈래 물길로 나뉘어
하수구로 흘러든다.
그럼에도 그는 쓴다, 어둠 속에서 비의 잉크로
군중의 벽에 대고.
'시간의 바닥으로 가라앉은 우리 사랑의 벤치가
해초와 산호로 뒤덮인 채 심해에서 떠오를 때……'
눈에서 비로 바뀐 그의 독백은 정거장 안내 방송에 끊긴다.
얼마나 시간이 흘렀을까.
수세기가 커튼처럼 열리며 닫힌 것 같은
지난 몇 해. 한 종족을 개와 먹잇감으로 나눠
환호와 비명으로 울부짖게 했던 수용소가
거대한 갤리선처럼 그의 눈앞에 정박한다.
꿈과 사랑이 출항과 도선에 앞서 검열되고 검문되었던

그 항구. 그 행렬.

수시로 밀려드는 검은 구름이 도륙의 냄새를 풍기던

곳. 충분히 예측 가능했던 암초에 부딪쳐

뱃머리부터 가라앉았던 배가

한 세대의 반동으로 다시 떠오르기 시작하고

시인은 그 난파선에 까닭 없이 동원되어 승선했던

낯익은 선원들을 본다.

이제는 경악도 권태로울 뿐.

꿈의 몰락으로 꿈을 지배했던 세기에 대한 증오 또한.

어쩌면 이제는 유령선에 지나지 않는 배가

거듭 다시 떠오르는 악몽마저도.

사지를 정거장의 쇠기둥에 묶어놓고 겨우내

비를 뿌리는 태형의 저녁.

그는 이곳이 어디인지 알지 못한다. 하지만

이것만은 분명하다. 알아들을 수 없는

정거장의 안내 방송을 들으며

자기 앞에 등을 돌린 채 노열해 있는 사람들을

그가 너무도 잘 알고 있다는 것을. 그리고

망각이 부엽토가 되는 먼 지평선에서

망명의 첫 싹이 움틀 때까지

기다리고 기다려야 한다는 것을.

085 물방울들—꿈

대체 무엇이
음영의 뱀처럼 스미어
그토록 은밀하게 뱃구레를 휘저어놓고는
근원을 알 수 없는 반영으로
샘을 흩트러놓았는지.

그리고 샘은
어느 다른 갈증의 영토에서
제 욕망을 젖처럼 넘쳐나게 하고 있는지.

넘침이야말로
다스릴 수 없는 갈증이자
치유되지 않는 상처인 것을.

순간의 샘인 향기는
소멸의 영원한 조상(彫像)으로 남아
거듭되는 또 다른 죽음을 위해
변신과 재생의 향불을 피우리.

샘이여, 끊이지 않는 내출혈의 빛이여.

086 물방울들—닿음, 닿지 않음

샘이 울고 있는 구천(九泉)의 하늘.

썩는 살과 눈먼 뼈의 퇴적 속을
너는
죽은 태아의 혼처럼 떠돌다가
어디서 몸을 입어
내 잠을 깨우는 향음이 되고
내 눈을 뜨게 하는 죽비가 되어
이 혼백의 살과 뼈를 적시는가.

홍건하구나. 흐뭇하구나.

087 물방울들―밀인(密印)

샘의 두 번째 심방에 꿈과 속삭임이 잠들어 있다.

샘물은 어둡고 따듯하다.

꿈은 수정(受精)되지 않았고 속삭임은 누구의 것인지 알 수 없다.

그 잠에는 이름이 없다.

088 물방울들—천 개의 탑

당신은

견딜 수 없는 압력의 샘. 빛에 대한 갈증으로 여위디여윈 목. 창백하게 발화된 초의 혀. 그 무엇도 삼킬 수 없는 입. 차고 맑고 몽글몽글한 불.

당신은

내장과 혈관까지 송두리째 드러난 기도. 욥의 탄식. 삼킬 수 없는 목구멍으로 토해내는 한숨. 한 숨 한 숨이 찬송이 되는 노래.

당신은

길을 잃은 수맥. 길 잃고 지상으로 솟아 몸소 길이 되고 나무가 되는.

당신은

균열. 전율. 천둥보다 먼저 오는 번개. 오랜 인고로 투명해진 벼락의 지혜. 암흑의 뇌수.

당신은.

089 물방울들─천마(天馬)의 샘

물의 아주 오래된 꿈으로부터
불붙은 갈기를 너풀거리며 솟는,
솟구쳐 오르는
한 마리의
말.

흰말.

박차고 오르는
놈의 압도적인 발굽 아래
뜀틀일 뿐인 대지의
태양혈이 터진다.

보았는가?
지하 광부들의 혼령을 인질 삼아
빛 속으로 귀순하는 광물들의 인사를.

수백 광년 저편 별들을 향한
샘들의 오랜 목마름을.

090 은하운수의 밤 정거장에서

서쪽 하늘에 누운 별자리를 걸터듬어
밤의 정거장에서
다음 계절로 가는 버스를 기다리듯
등받이 없는 플라스틱 의자에 앉았다가
동쪽 차고지에서 저물도록 빈둥거리다
개밥바라기별을 보며 고양이세수를 하고 나온
외눈박이 운전기사의 요금 단말기에
지문 인식 결재로 삯을 치르고
(환승입니다!)
밤하늘을 떠돌 때
지구별엔 석류꽃 같은 목성이 뜨고
백조자리 양 날개 깃엔 물매화가 흐드러지게 피고
땅꾼자리 산 속 오두막에선
석 달 열흘 잘 익힌 산돌배 술을 개봉한다고 하네.
이맘때면 양구나 춘천 즈음에서 출발해
강화 앞바다까지밖엔 운행하지 않는
적색거성 아르크투루스는
차체도 낡고 매연도 심해 여름엔 덥고 겨울엔 춥다지만
울릉도 등 너머에서 갓 떠오른 카펠라는
밤사이 꽝꽝 얼어붙은 호수 한복판을 가로질러

매화꽃 피는 섬진강 마을로 승객들을 실어준다네.
폐차 직전의 낡은 버스든 갓 출고된 신형 버스든
은하운수의 모든 버스엔
다음과 같은 동일한 안내문이 붙어 있지.
'동짓달 긴 밤이든 하짓날 토막 밤이든
별나라 버스는 세 계절만 운행할 수 있으므로
나머지 한 철은 승객 여러분의 가슴 속 별을 이용하십시오.'
친구, 요금은 예나 지금이나 변동이 없다네.
밤하늘을 자주 오래 여행하는 이에겐 싼값이지만
밤 정거장에서의 기다림과 망설임이 번다한 이에겐
아주 비싼 값이지.
우리 젊었을 때도 그러하지 않았나?

091 이별 뒤에 홀로 되어서 본 꽃을 다시 찾지 못하는 까닭

당신을 만나러 갈 땐 보지 못하다가
당신을 만나고 돌아올 때면 보게 되는 꽃이 있습니다.
희고 아주 작은 꽃.
길가에 기듯 누워 피는 한해살이 풀꽃.
당신을 만나러 갈 때면 하고픈 말이 너무 많아
생각는 것만으로도 숨이 벅차는데
막상 당신 앞에선 아무 말도 못 하고 시간만 훌쩍 지나
안녕이라는 말에 눈앞은 흐려지고
길은 어둡고 낯설기만 한데
마치 누군가 말을 걸어오기라도 한 듯
먹먹한 가슴에 환한 파문이 일곤 하였습니다.
'안녕!' …… 꽃은 이렇게 말했는지 모릅니다.
'잘 가!' 또는 '또 봐!' …… 이렇게 말했는지도 모릅니다.
아무 말 않고 그저 눈인사만 건넸는지도 모르지요.
어쨌든 당신을 만나러 갈 때,
내 벅찬 가슴으로 당신에게 말을 건네고
당신의 미소와 음성에 흠뻑 젖어들 땐
보이지도 들리지도 않던 그 인사가
작별의 한 마디를 끝으로 돌아서 올 때면
그리도 환하게 물결 져 오는 것은 무슨 까닭일까요?

그래요. 오늘은 당신을 만나러 가던 길을
마치 당신을 만나러 가듯 설레는 마음으로
그 꽃을 보러 갑니다.
꽃보다 먼저 내가 보고 인사를 건네러 갑니다.
당신을 만나러 갈 땐 보지 못하고
당신과 헤어져 돌아올 때면 보게 되는 꽃.
이별의 꽃, 슬픔의 꽃을.
다섯 잎 갈래꽃 사이사이에
수술이 속눈썹처럼 뻗쳐 있던, 그리고
다섯 꽃잎 끝이 당신의 아래쪽 앞니 사이
작은 틈처럼 홈이 패어 있던,
희고 아주 작은 꽃.
가는장구채라는 여리고 여윈 이름을 가진 꽃.

092 벽력석문(霹靂石紋)

구름을 가리켜 옛사람들은 운근(雲根)이라고 했다. 오고감, 나고 죽음에 근본 없음은 없음을, 뿌리 없는 구름일지라도 모태가 있음을 추론했던 것.

상상해보라. 산정의 바위들, 산을 통째로 틀어쥔 바위봉우리들이 뿜어내는, 용암처럼 뜨겁고 오뉴월에도 서릿발이 뻗치는 기운에서 뭉클뭉클 솟아나는 구름을.

그 오래된 광물질적인 상상력에서 하늘의 거대한 부싯돌들은 부딪고 치받으며 태고의 암흑으로부터 빛기둥을 세운다.

우레가 바위를 깨면 번개가 봉합하는 집.

천지간에 세운 빗돌 하나.

093 너, 구름!

구름, 허풍선이 전령!
너는
내가 머물고 있는 땅의
반대편 소식까지 싣고 와서
공연히 내 마음을 나귀 귀처럼 펄럭거리게 하지만
이미 어디선가 한 차례 비를 쏟고 허우룩해진 채
그저 해만 가릴 뿐인 너의 거짓 약속에
난 결코 우산을 준비하지 않으리.
아끼는 화분들을 뜰에 내놓지도 않으리.

구름, 변덕쟁이 연인!
너와 함께 걸었던 내 청춘의 길에
일찍이 네가 이야기한 적 있었던
지평선 끝 산상의 성은
그림자만 얼비치다 사라졌건만
너는 온다 간다 말도 없이 흩어지곤
풍향의 노래만 읊조리고 있구나.

알아. 이제는 알아.
이 앎이 아무 소용없음에도 불구하고.

한밤중에도 내 가슴 속 폐허에서
어느 몹쓸 놈이 풍구질을 해대는 통에
솜사탕 같은 꿈들이 수만 번 생멸을 거듭할지라도.
그래, 그럼에도 너,
요술쟁이 친구!
내 언젠가 눈물 콧물로 마구 뿜어댄
알레르기성 재채기에서 흩뿌려진 포자는
흙과 먼지로 잘 뭉쳐져 어느 좋은 땅에 안착하였을까?

떠버리, 바람의 비렁뱅이!
너는 수없이 얼굴을 바꾸며
물방울의 눈으로 스스로를 보고
너의 약속을 굴절케 하지만 난 알지,
그 파란의 겹눈 속에 나타났다 사라지는 지평선은
아직 그곳에
섬광 속에서만 자태를 드러내는
우레의 성을 감추고 있다는 것을.

094 회화나무

회화나무 꽃이 피었다 지는 8월에
삼복의 열기로 꿈꾸었던 사랑 있었네.
하안거의 석 달,
행주좌와의 화두로 눈썹 아래
초승달로 걸어두었던 얼굴 하나 있었네.

아, 이 여름이 다하면
저 풀꽃들,
풀벌레들의 한살이도 다할 텐데
반 뉘를 훌쩍 넘긴 인생,
내 사랑의 한 철은
또 어떤 계절의 꼴로 탈바꿈할 것인가.

회화나무 꽃은
무성한 잎들 속에 묻혀 피어남이
글방의 정적 속에서 무더위를 지새운
선비의 자태인데

서(書)와 경(經)이 어우러져
삼림이 되고 전답이 되고

또한 산하를 이룬 마음의 대지에서
흰 듯 푸른 듯한 저 꽃이 피었다 저무는 일을

나는 그저 바라볼 뿐.
바라만볼 뿐.

095 호두나무

2017년 7월 2일. 지금껏 내가 읽은, 나무에 관한 가장 아름다운 시를 발견한 하루.

'나무는 우리가 오랫동안/ 기다렸던 것을/ 증명하고 요약한다.'

1924년 호두나무에 바친, 프랑스어로 창작된 시에서 릴케는 쓰고 있다. '하늘의 궁륭 전체를/ 맛보는 나무'라고.

'자신을 서서히 내어줌으로써/ 나무의 형태는/ 바람의 우연을 제거한다.'

'사물시'의 시인은 그러나 오르페우스의 시선을 잊지 않는다.

'너는 그 어떤 나무보다도 더/ 사방을 향해 몸을 돌리고 있다:/ 마치 하느님께서 어느 곳에/ 나타나실지 몰라 준비하고 있는// 제자처럼 느껴진다……/ 그래서, 확실하게 하기 위해서/ 나무는 자기 존재를 둥글게 발달시키고/ 하느님을 향해 성숙한 팔들을 내밀고 있다.'

096 새와 사람

새와 사람은 두 발을 가졌다.
머리가 하늘에 닿아 있다.
비상에 바친 두 날개를 꿈꾼다.
흙과 공기로 양분된 이중의 삶을 산다.
흙을 공기로 바꾸는 요람의 꿈과
공기를 흙으로 바꾸는 무덤의 꿈.
새와 사람은 같은 천국,
같은 지옥을 가졌다.

빛이 환히 열어주면 깨어나는 정신이 있듯이
마찬가지로
어둠이 지그시 눌러주면 깨어나는 정신이 있다.
빛의 부름에 한 번,
어둠의 부름에 다시 한 번,
그렇게 두 번 깨어나는 정신이 있다.
두 정신을 섬길 줄 아는 제3의 정신이 있다.

098 공방

아직은 무엇 하나 가시화되지 않은
꿈이라는 공방(工房)에서의 소일.
그 공방은 공방(空房)이기도 하다.
착상이 되지 않은 아기집 같은.
그래, 그러한 방 한 칸 가질 수 있다면.
거실, 안방, 주방처럼 기능성 패찰이 붙지 않은
마음의 다용도실 같은 방.
우심방과 좌심방 사이에 있는
눈에 보이지 않는 방.
어떤 물건도 들이지 않고 딱히 어떤 활동도 하지 않는
교도소의 독방 같은 방.
그러한 방에
아주 이따금 낯선 손님처럼 문을 열고 들어가
텅 빈 공간의 구석구석을 더듬던 눈을 감고
아우성치던 귓속에 공기로 된 둥지 하나 만들어지면
이마와 발바닥을 쓰다듬던 손길마저 멈추고
망연자실 앉아만 있어도 좋으리라.
누워 뒤척이며
제 몸보다 크지 않은
욕심의 사면(四面)을 어루만지다 오기만 해도 좋으리라.

세제곱 네제곱 무한 제곱으로 확대하거나 축소하여
잇닿은

뭉게구름의 발부리와
이팝나무 꽃의
희디흰

가계(家系).

EXSTR
IICTA
1458

100 모래톱

너는
무릎 없는 달의 발을 가졌다.

밤새 달이 노닐다 간 뜰에
발자국 하나 남지 않았다.

아랫도리를 내린 새벽 강의 안개를 거슬러
물동이 찰랑거리는 해를 담아
나에게로 온 발.

너의 발은
물구나무 선 밤의
젖 비린 달의 지문을 가졌다.

이마를 가린
달의 입술을 가졌다.

101

입과 입술의 연서로 너의 사랑이 멈춘 바로 그곳에서
기다려라, 소엽춘란의 촉 같은 혀가 움트기를.

102

낙타와 염소에게 헌정된 한 권의 책이 있다.
테오도르 모노의 『낙타여행』.
헌사는 다음과 같다.
'유일하게 사하라를 정복한 두 짐승,
탐험가를 태우고 다니는 낙타와
몸을 바쳐 그에게 물 담을 가죽부대를 주는 염소에게
이 책을 바친다.'

103 생텍스

단 한 뼘의 영토도 갖지 않은,
그러나 대지 전체가 그의 울림통이었던 사람.
지구라는 부락의 단 한 사람의 족장.
7월 31일, 그가 떠났다.
저주받은 세계를 온몸으로 부둥켜안으며
그는 아니라고 했다.
이 땅을 영원히 잊지 못할 거라고 했다.
인간이 누릴 수 있는 유일한 사치는 인간관계지만
이제는 혐오스럽다고 했다.
삼천 미터 상공에서 산화해버린 어린 왕자.
그는 어디로 갔을까.
그 어떤 천체망원경으로도 포착할 수 없는 소행성.
그곳에서 그가 말한다.
암만 눈을 씻고 봐도 대성당이 보이지 않는다고.
나는 죽은 신을 섬기기 위해 옷을 입는 사제와 같다고.
그렇다. 이 별이 싫다.
노을이 아름답지 않다.
장미는 시들었다.

*생텍스는 앙투안 드 생텍쥐페리의 애칭

104 고운(孤雲)
— 한번 청산에 들면 다시는 나오지 않으리.(최치원)

죽통 바닥에 더껑이로 남은 먹물
개울물에 풀어
행낭 속 작은 서첩에 몽당붓으로 쓰고 그렸던
절구들, 수묵의 생애가
왜 조각배 되어
가야산 골을 따라 흘러갔는지.
시인이여, 그대 시구는
허공의 석벽에 마른 가슴을 대고 초벌로 떠온
탁본일 뿐. 이지러진 구름의 음화일 뿐.
종이배는 다시 수묵이 되고 먹장이 되고
행낭 속 서첩이 되어 계류 속을 흐르고
맺다 흩뜨려진
뼈저린 절구의 생은
어느 대륙을 떠돌 것인가.

105 천지창조

그대가 혼자였을 때, 신이여,
창조되지 않은 것들의 씨앗조차 품지 않은 혼자였을 때,

그대가 텅 빈 자였을 때, 신이여,
하늘과 땅이 나뉘지 않은 흑암 속 텅 빈 자였을 때,

신이여, 때도 곳도 없는 어느 겨를
그대가 혼자임을, 혼자인데도 아무것도 아님을
느꼈을 때, 알았을 때

나는 들었다. 그대가 두려워했다는 것을.
그대는 물었다. 나 말고 아무도 아무것도 없는데
무엇을 두려워하는가. 그러자 두려움이 사라졌다.

그리고 나는 들었다. 그대가 즐겁지 않았다는 것을.
아무도 없어 두렵지 않았지만 즐겁지도 않았다는 것을.
그대는 욕망을 불러 일으켰다.
욕망은 그대를 두 쪽으로 나누었다.
두 쪽은 세 쪽이 되고 세 쪽은 네 쪽이 되었다.

—

그리하여 그대가 혼자가 아니게 되었을 때,
신이여, 그대가 더 이상 텅 빈 자가 아니게 되었을 때
욕망과 함께 두려움이 찾아왔고
암수로 나뉜 생명들 속으로 공허가 찾아왔다.
그리고 그대는 먹기 시작했다. 공허는 허기로 바뀌었다.

먹고 먹힘이 끝나지 않는 세상이 만들어졌다.

106 연옥의 풀

— 오, 성스러운 뮤즈들이여, 그대들에 복종하는
  내 죽음의 시를 이제 삶으로 오르게 하소서!(단테 『신곡』)

스승은 바닷가로 내려가 한 움큼의 풀을 꺾어 그의 머리에
띠를 매어주었다. 그것은 연옥의 바닷가에서 자라는 풀, 구원
의 길을 오르기 위해선 반드시 필요한 겸손의 식물이었다. 머
리 전체를 갈대 띠로 동인 단테는 자신의 눈앞을 가렸던 지옥
의 안개가 걷히면서, 하룻밤하고 또 다른 밤으로 겪었던 지옥
의 시간들이 마치 수십 겁을 되풀이해 살았던 삶처럼 또렷해
지는 것을 느꼈다. 머리 위에서 눈부시게 빛나던 네 개의 별들
이 사라졌다. 부활절의 태양이 떠오른 것이다. 베르길리우스와
그의 제자는 걸음을 서둘렀다. 길을 잃었던 사람이 처음자리를
찾아가듯 그렇게. 스승이 꺾었던 갈대의 그루터기에선 어느새
새순이 돋아 있었다.

* 이 비문은 연옥편 제1곡을 토대로 만들어졌다.

107 퍼렁이꽃 속의 만다라

나는 알 수 없지, 너의 춤이 어디서 비롯되었는지.
꽃을 피우기 전 꽃봉오리 안에서의
향기로운 분란. 아무도 읽지 못했지.
심장에 두리기둥을 세우고
예측할 수 없는 궤도를 따라 도는 춤. 소녀야,
너의 춤은 발현되기도 전에 이미 샘솟고 있었건만.
무엇이 너를 움직이게 하는지 알 수 없는 방식으로
대기의 떨림이 나에게로 오고
공간이 확장되고 나는 내 것 아닌 파동에
세상 밖으로 밀려난 것만 같았지.
네 안의 가락과 리듬은 뼈와 관절처럼 얼크러져
춘풍 속 수양버들처럼, 세한의 대숲처럼
춤추고 노래를 불렀지.
땅거미 지는 길모퉁이에서
빛의 반원과 어둠의 반원을 하나로 모아 그려내었던
너의 원무. 소녀야,
단맛이 완성되기 전의 신맛과
떫은맛이 어우러져 둥글어지는 열매처럼
네 안에서 과육을 부풀리는 까닭 모를 환희.
과즙을 흥건하게 끌어들이는 너의 우울.

짧은 한순간 세계란 춤의 팽이에 지나지 않는다고
나로 하여 믿게 하였던 너의 몸짓.
그래, 너는 바람개비처럼 돌고
가을 저녁은 물렛가락처럼 돌고
나는 명정의 소용돌이에 실려 저 먼 곳,
성운의 깔때기 속으로 빨려드는데…… 그런데 마침내
저 어두운 하늘 깊숙한 곳에서 피어나는
패랭이꽃 한 송이!
나는 본다. 나는 본다.
일찍이 내가 본 적 없었던 꽃 한 송이를.

108 그 여자의 천로역정

삼오야 열두

달의 봉우리를 밟고

성단(聖壇)에 올라

네 방위 신명께 소임을 고하고

간지의 열두

계단을 딛고 내려오는

복사뼈가 복스러운

작두거리

무녀의

흰 발.

109 황금 오르간

호박(琥珀) 속에 화석으로 포집된
신생대 에오세기의 곤충 한 마리.
파리 같고 벌 같고 파리와 벌을 합성한
파리매 같기도 하다.
유기물 화석 속에서 영원의 잠을 자는
생물 화석.
송진은 땅속에서 무엇을 궁리 중일까?
뿌리혹으로, 균의 실타래로, 괴기 종양으로,
또는 피고름덩어리 임파선으로 대지와 매춘하는
소나무. 한 오십 년 내 허파 속에서
폐활량이 가장 큰 짐승의 허파꽈리로
송홧가루 다식을 찍어낸 나무.
봄이면 그렇게 하늘과 막무가내로 교접한 수액은
다시 땅으로 흘러들어
어떤 열병 같은 태양을 꿈꾸는 것일까? 그리고
지하 동혈 속의 황금 오르간은
수천 마리의 멧돼지 어금니로 부양해야 할
어떤 주인을 기리는 것일까?
이제 어느덧 하지에 다다라
빛의 정점에서 발정의 방향(芳香)으로 용오름하는

나무. 그 침엽, 먹비늘, 용틀임하는 갑주.
불타는 *끈끈함*으로 족쇄를 채우는
내 열정의 유정(油井).

110 돌의 원로원에서

　돌 속에 새겨진 불의 나이테는 나무 속 물의 나이테와는 달리 풍화와 균열과 탈골에 의해 드러나는데, 그것은 사라짐의 나이테, 떨어져 나감의 나이테, 닳아 없어짐의 나이테이므로 돌의 원로원에선 때때로 거대한 바위가 작고 가볍고 단단한 조약돌에게 자리를 양보해야만 한다.

111 불과 꿀

옛날, 아주 오랜 옛날엔
태양의 꿀만 먹고 살았던
파라오 같은 잠자리들이 있었지.

그 시절, 나비들은
초사흘 달에 고치를 짓고는
번데기로 하여 만월의 배를 찢고
달의 도시들을 향해 일제히 출격케 했지.

그런 날이면
잠 못 이루고 쫑긋거리는 개의 귀마다,
눈부셔 달그림자를 밟으며 배회하는 고양이의 수염마다
나비 꽃이 피어났지.

한낮의 천둥소리를 타고
벌의 항로는 빛의 속도로 움직이고
지상의 꿀은 달의 나이로 침착해졌지.

꽃에서 모은 불이
달팽이처럼 돌 속에 둥지를 틀었던
옛날, 아주 오랜 옛날.

112 달과 태평양

어느 날, 하늘이 지구별에게 제안했네.
달을 돌려줄 테니 태평양의 물을 달라고.
어느 해인가는 우주의 먼 대양에서 메시지가 왔네.
지구의 짠물과 단물은
그대가 아기별로 탄생했을 때
그 첫돌을 경축하기 위해 지구를 방문했던
은하의 선물이니
그날 잔칫집을 찾았던 별의 수만큼
한 바가지의 생수를 나눠달라고.
이 불바다, 가스불의 오븐 속엔
단 한 방울의 물도 없노라고.
목이 말라 죽을 지경이라고.
그 후 지구는 달과 태평양을 맞바꿈했을까?
우주의 뭇 별들에게 한 바가지씩 물을 선물했을까?
사막과 물 부족 국가가 늘어나는 이 땅에서
확인할 길 없지만 정말 알 수 없는
어떤 식의 뒷거래가 있었던 것일까?

113 장미 교향곡

아파트 울타리를 감아 도는 장미덩굴 오선지엔
흰 장미 음표 여럿. 빨간 장미 음표 여럿.
반음계로 흐르는 검은 장미 음표들.
또 있지. 소절과 악절 사이에서
뾰로통한 가시로 지시하는 크레셴도 데크레셴도.
개화 직전 꽃봉오리들의 반쉼표 온쉼표.
그리고 또 있지.
울 안팎 경계 없는 향기의 화음들.
밤의 무궁동 속으로 빨아들이는
질투와 우수의 불협화음들.
그리하여 마침내

울려라, 장미 교향곡!
울려 퍼져라!

114 헤르메스의 꽃

거짓말, 그것은
어느 낯선 정원에서 남몰래 꺾어 가슴에 감춰두었다
자기도 모르게 뱉어낸 입술 모양의
꽃. 아이는
자신의 첫 거짓말에
지금껏 존재한 적 없었던 세계가
한순간에 탄생하였음을 깨닫는다. 그 세계는
나타났을 때만큼이나 재빨리 사라진다.
하지만 아이는 알고 있다.
자신의 마음 어딘가에 그 정원으로 가는
비밀스러운 오솔길이 있음을.
아이는 잊지 않는다.
어느 낯선 정원의 그늘진 가장자리에
막 꽃대를 세워 몽우리를 맺은 식물이 있고
그 몽우리가 자기 입 안에서 꽃을 피우는 순간
또 다른 세계가 활짝 열리게 되리라는 것을.
존재하지 않음으로써만 끊임없이 존재하는 세계가
숨을 머금고 있다는 것을.

115 쇠똥구리

현실을 직시하지 말라.
그 무엇도 등질 수 없으니,
배반의 등짝을 뚫고 직입하는 진실은
또 다른 현실을 환등처럼 밝힐 것이니.

마주 보긴 민망하지만 황토 빛의
이 촉촉하고 동그란 덩어리는 영양 만점이다.
마주하기 눈부시도록 아름답다.
콧속이 가렵도록 구수하다.

그렇게 그의 길이 열린다.

제가 직시해야 할 물건을 외면한 채
뒷발로, 오직 뒷발로만 궁굴리는 세계.
폭염 속 쏟아지는 빛살 아래서 온종일 굴려온 쇠똥은
비탈진 흙더미에서 굴러 떨어지고
그 똥 덩어리에 끌려 함께 굴러 떨어진 쇠똥구리는
똥 덩어리에 깔려 바동거린다.

그때였다.

단 한 번 제 못난 낯짝조차 비춰본 적 없는 하늘이
별안간 뒤집힌 갑충의 흉곽 속으로 파고든다.
그리고

정말 내가 보았던 것일까?
어느 순간 날개가 펼쳐진다.
꽃자루를 단 민들레 씨앗 뭉치가
구름 한 점 없는 백열의 공간 속에서 폭발한다.

사라졌다.
아무것도 없다. 똥 덩어리만 남았다.

쇠똥구리가 세상을 버렸다.

116 모든 언어는 하나의 편견이다—니체

몸 없고 얼도 없고 숨문도 열리지 않은,
그저 어떤 꼴의 그림자일 뿐인 문자들이
교합하고 증식하고 때론 서로 애정도 느끼면서
무엇인가를 지시하고자
상징하고자 현혹하고자 꼬물거리다
마침내는 지배하고 명령하기에 이른
제국이 있다. 이른바
언어의 왕국.

그 왕조의 성골(聖骨)은 누구일까?
사관일까? 왕실 대변인일까?
말 많은 어릿광대일까? 수화만 하는
벙어리 환관일까?

눈먼 음유시인은 몇 두품에 속할까?

117 물음표

물음표는 닭의 목을 닮았다.
거위 목을 닮았다. 칠면조 목을 닮았다.
침묵하지 않아야 할 때 결코 침묵하지 않는
가금(家禽)의 밤, 그 끝에서
새된 소리로 깨어나는 새벽의 목.
숨길과 밥줄과
잘못 삼킨 것이면 언제든 이실직고하는
거꾸로 선 직장과 또 그것,
진위와 허실에 관계없이 혀를 구실 삼아
지저귀고 웃고 울며 노래하는
울대를 가진 목.
물음표는 머리털 한 올 없는
달마의 머리통, 허공중에 면벽 단좌한
선승의 닮은꼴이다.
무문관(無門關)의 연기 한 줌, 다비소의 첫 불꽃,
홰를 치는 목련의 성화(聖火), 그리고 그 무엇,
한낮의 화이트아웃과 천치바보들의 8월과
극락조…… 물음표는
그 모든 것을 뒤집어엎은 꼴이다.

118 미로 속의 아이

내가 혼자 잠자리에 들 때, 아이야,
달걀 하나 감싸 쥔 듯 조심스러운 손바닥 안에서
마치 그늘진 고목의 밑동을 쓰다듬듯
내 등짝을 쓸어주었던 너의 자장가.
너는 내 악몽 속에서 함께 밤을 새웠고
과수원에서 같은 열매를 서리하며
이름도 모르는 새를 향해 돌을 던졌었지.
낮보다 좁고 더 긴 밤의 터널에서
손에 쥐고 있다 떨어뜨린 사금파리 한 조각과 함께
별안간 내가 길을 잃고 이부자리에서 눈을 떴을 때
나와 더불어 돌아오지 못하고 손을 놓고 말았던,
하얀 얼굴에 까만 머리를 가진
아이야. 나를 대신해 오늘밤에도
더욱 무성해지는 숲에서 길을 찾고 있을.

119 태엽(胎葉)

내 지나온 길의 끝에서
내가 가 닿을 또 다른 처음으로
태엽을 감으며 울리는

가랑잎,
유리 발목을 가진
가랑잎들의

먼 오르골 소리.

120 덧없는 노래

물방울 그대.
공기방울 그대.

나는 사랑했지.
밖에서 안으로
호두를 으깨듯 죄어드는 기압과
안에서 밖으로
몽우리를 터뜨릴 듯 발화하는 밀도로
곱고 둥글게,
그리도 투명하게 지은
한 세계의 굴절과 또 한 세계의 투영 사이에서
호박(琥珀) 같은 눈으로,
일각수의 외짝 동공으로 별을 꿈꾸는

그대, 물방울.
그대, 공기방울.

지난겨울, 산이 끝나는 곳에서 물이 시작하는
한 세계의 경계에 서서
얼어붙은 호수 속을 들여다보았지.

그곳에 그대가 있었네.
아주 풍부한 용존산소가
결빙하는 힘에 밀려 뽀글뽀글
물 밖 창공으로 달아나다
갈대피리의 요정들처럼 얼음장 속에 꼼짝없이 갇혀 있었네.
백금으로 된 주화, 순은의 구슬 같았지.
수정 종유석 같았지.
얼음 속에 파종된 공기의 포자들.
수억 년 된 내 지질학적 가슴 속에서 잠이 든
산소의 화석들.
나는 그대를 불렀지, 얼음에 대고 내 입김의 언어로.
공기방울 그대,
물방울 그대, 라고.

순간 정지된 격정으로,
고함인 채로 멈춘 고함으로
속울음을 깨문 채 광속의 질주를 꿈꾸었던

물방울 그대.
공기방울 그대.

121 숨꽃

팥빙수를 만들기 위해 켜놓은 것 같은
고운 얼음 꽃들이
풀숲이나 바위틈에 새하얗게 피어 있다.
어떤 것은 동그란 차받침 모양,
어떤 것은 비쩍 마른 풀대궁을 타고
굴뚝을 뽑아 올렸다.
가까이 다가가
얼음 꽃잎들을 한 잎 두 잎 펼쳐보니
수술들이 싸고도는 암술 아래 씨방 자리마다
작은 구멍이 뚫려 있다.
집게손가락을 찔러 넣어도 바닥이 닿지 않는
구멍. 순간, 깨닫는다.
이 구멍들이 겨울잠에 든 동물의 둥지임을.
다람쥐, 두더지, 등줄쥐, 땃쥐……
코를 들이대며 앞발로 땅을 파헤치고 숨어들었을
그들의 작은 몸.
구멍은 곧게 나아가다 옆으로 꺾여 돌고
아마도 그 안쪽에 은밀한 내실이 있을 것이다.
봄꿈을 꾸는 설치류의 침실이.
몸 하나로 난로를 지피며

꽝꽝 언 땅속에서 그들이 피워 올리는
얼음 꽃.
겨울에만 피는 꽃.

122 상모솔새

나를 알은 체하지 않는 새들에게
감사하다.
흑요석 같은 그 빛나는 눈으로 나를 알아보고
새된 소리로 울지 않는 새들에게
감사하다.
나를 사람으로 봐주지 않고
그저 한눈팔 듯 흘겨보곤
넌 사람도 아냐, 후두두
어깨 위로 내려와 앉는 새들에게.
사람다움의,
참으로 살아 있음의
눈부신 시간을 주고도 준 줄 모르고
끝내 나를 사람으로 여기지 않는 새들에게.

오늘 내 머리 위를 노닐다 간
상모솔새 두 마리.
내 어깨에 똥을 갈기고는
아무렇지도 않게 정지 비행을 하며
숲에서 숲으로 나를 이끌다 사라진,
한반도에서 가장 작은 새
상모솔새.

123 거품벌레

거품 속에 사는
거품벌레.

햇살이 비치면
영롱한 무지개가 뜨는
거품 세계.

우주 정거장의 은빛 돔 같은
물방울 공기방울로 축조된
기하학의 집.

카오스가 곧 코스모스임을
저 기가바이트의 전두엽 속에서
중얼거림의 거품으로 설하는 자
누구인가?

부글부글 괴었다가 꺼지고
꺼졌다가도 부글부글 괴어오르는
거품들의 염송.

—

나는 들었네.
황사주의보가 내린 날엔 황사 거품으로,
장맛비 속에선 비 거품으로 지은
설선(說禪)의 집에서
당돌하고도 돌올하게 게거품을 뿜으며
한 마디 말도 없이
팔만의 장경을 새겼다가 지우고
지웠다가도 또 새기는
위없는 생명의 진언을.

머물러 *끄*달리지 않고
매달려 허우적거리지 않는
거품 우주의 법왕.

거품에서 물과 공기의 비율을 논하는
그 사리 밝음을 꾸짖는 소리조차 마가 됨을
그는 어떻게 알았을까.

나무꼬챙이를 집어
수미산 위로 우뚝 솟은

육계 나발 속을 들쑤시자
그 뽀글뽀글한 진리의 거푸집은
거품 집이 되었다가
이내 거품 무덤이 되고 만다.

허공이여. 우주의 거품이여.

124 거품 공화국

비 오는 날, 웅덩이에 떠 있는 누런 송홧가루.
메르카토르 도법으로 펼쳐진
어떤 세계의 전도(全圖)인가?

비는 내리고
비는 그 걸쭉하고 혼탁한 영토들을
지각판처럼 흔들어놓고
빗방울들은 웅덩이에 떨어져
방울방울 거품들을 깨운다.

동그랗고 투명한
비명의 돔들.

북반구 중위도의 5월,
빗속 웅덩이 옆에 쪼그리고 앉아
반구 모양의 거품들이 알에서 깨듯 깨어나
알이 깨지듯 깨지는 것을 보며

저 많은 거품들이
끊임없이 생겨났다 사라지지만,

빗방울은 물웅덩이를 두드려 거품을 만들고
제가 만든 거품을 터뜨려버리기도 하지만
모든 빗방울이 다 거품 되는 것이 아님을 지켜보다
저 반쪽짜리의
물과 공기로 이루어진 구체의 생멸도
흔한 일이 아님을 생각한다.

아메바나 백혈구의 식세포 활동으로
어떤 거품은 다른 거품을 삼켜 큰 거품이 되고
버긋하게 비껴 만난 두 거품이 공멸하기도 하고
결코 하나가 되지 않으면서도 여럿이서 뭉쳐
와글와글 떠다니며 헤살을 떨고
그러다가도 다 함께 꺼져 물웅덩이가 되고 마는

거품 공화국.

125 작은 세상

굴뚝새보다 수백 배 수천 배나 큰 내가
굴뚝새가 나를 알아보는 것보다 먼저
굴뚝새를 알아보고서
십 분 이십 분
또는 삼십 분씩이나 굴뚝새와 함께
산골짜기 바위옹두라지를 끼고 산책하는 날,

잠깐 아주 잠깐씩
개회나무 고추나무 뒤로 몸을 숨기며
해사하게 녹은 얼음 빛깔로
생강나무 꽃이 활짝 핀 길을 소요하는 날,

눈자위가 시리다가도
눈조리개가 가뭇가뭇해지는 봄 산,
세상은 굴뚝새 크기만 해지고
내 심장도 굴뚝새 크기만 해지고
내 심장 크기만 한 세상을
오늘은 내 품에 꼬옥 끌어안고서
고로쇠나무에 젖을 물리듯 수혈을 한다.

–

티끌세상 풍진세상은 몰라도
그저 굴뚝새 크기만큼 작은 세상에
젖을 물린다.

126 봄날은 간다

잎 반 꽃 반인 복숭아나무 옆에서

나의 사랑 또 그대 사랑은

절반 저문 꽃일까, 반절 움튼 잎일까.

반으로 접은 사랑, 과반의 이별.

127

이 길은 방향을 바꾸어
다른 길로 이어진다는 믿음을 가졌다.
이 길은 각기 다른 방향에서
이 길을 향해 오고 있는 길들에 대한 믿음을 가졌다.

나는 지도에서 그 길을 지운다.
이제 그 길은 없다.
그 길이 방향을 바꾸어 이어지리라고 믿었던
다른 길도 없다.
각기 다른 방향에서 오고 있으리라 믿었던
길들도 없다.

애당초 그런 길들은 없었다.
나는 백지 한 장을 내 인생에 놓는다.
그리고 그 위로 한 걸음을 내딛는다.
다시 한 걸음부터 길 하나가 태어나리라.
다시 한 걸음부터 걸음걸음이 길이 되리라.

그 앞엔 아무것도 없다.

언제였던가, 석계역 인근 주점에서였다.

"난 말이야, 신의 얼굴을 너무 많이 훔쳐본 것 같아 죄 지은 느낌이야."

"그러면 죗값을 치러야지요."

"어떻게?"

"시인으로서의 봉직을 끝까지 다하는 거죠."

"그게 말이 돼? 시를 쓴다는 것 자체가 죄 짓는 일인데!"

침묵.

육백 그램쯤 살을 베어낸 듯한 공허.

임시 간이역인 듯 철길이 통과하는 가슴.

허공에 새긴 갑골문을 두루마리처럼 말아 들고

시인이 떠나는 곳, 떠난 곳은 어디일까?

11월 8일. 새벽 다섯 시 반.

하늘에서 내려온 백열등 하나가

내 손이 닿지 않는 높이에서 작열하다.

이십오 년간의 인연. 향년 예순여덟.

129 칠현금에 바쳐진 오르페우스의 머리

그 시선은
돌에 불을 질러
불타는 돌로부터
이글거리는 얼굴 하나와
이미 춤이 되기에 이른 몸짓들을 불러내는
노래 같은 것. 그리고

그 노래는
단 하나의 반향으로 돌의 나이테를 투영하니
너의 삶 곳곳에 새겨진 응고의 시간들로
이루어지지 못했기에 잠들지 못하는
그 오래된 애증의 연대기를
한 해 한 해 짚어가며 음유할 수도 있으리.

그러므로 노래하라.
자기 자신의 얼굴을 보고 돌이 된 한 여자를
불꽃으로 거듭나게 하는
저 온유하고 충만한 시선을.

130

한 세계의 끝에서 또 다른 세계에 닿은 시인이
경계를 넘지 못하고
그 너머의 세계를 예감하며 어렴풋이 바라볼 때

바로 그곳, 그 한계에서
시는 가장 아름답다.
아니, 그 한계에서만 겨우 아름답다.

붓꽃 몽우리가 하늘에 찍는 방점에서
청개구리는 어떤 주석을 읽고 있을까.

132

펼치기에 앞서 향을 피워 문안하고
수정란 같은 문자들이
촛불 아래 눈뜨길 기다린 뒤
이마를 기울여
첫 페이지의 머리글자에
기도로 촉촉해진 입술을 맞춘 연후에야
그대가 독송을 시작했던
책.

그 책.

탑이 있다.

사람의 발길이 닿지 않는, 이제는 사막이 되어버린 옛 오아시스 왕국 한복판에 자리 잡은 천계로 오르는 탑.

그 거대한 탑의 계단에는 기이한 짐승이 살고 있다.

놈은 첫 번째 계단에서 깊은 잠에 빠져 있다.

그를 깨울 수 있는 것은 사람의 발소리뿐.

방문객이 나타나면 짐승은 깨어난다.

꿈의 첫 계단에 웅숭크리고 잠들어 있던 짐승은 방문객의 그림자처럼 함께 계단을 오른다.

계단을 오르며 그는 예전에 누렸던 온갖 희열을 현재인 듯 만끽한다.

그러나 그 계단을 끝까지 오르는 사람은 없다.

오를 수 있는 사람도 없다.

짐승은 이내 슬픔에 사로잡힌다. 그는 자기 스스로는 오를 수 없는 계단을 절망적으로 올려다보며 방문객과 함께 계단을 내려온다.

그리고 탑의 첫 번째 계단에서 다시 깊은 잠에 빠져든다.

절대로 눈에 띄지 않는, 그림자보다 미묘한 스핑크스가 되어.

탑이 있다.

내 꿈의 마지막 계단에 그가 있다. 천계로 오르는 탑의 첫 번째 계단에.

* 이 비문은 보르헤스의 『상상 동물 이야기』를 토대로 만들어졌다.

134 플레이아데스

마모되고 산화된 금속 인장 같기도 하고
비밀을 고스란히 품은 채 저 홀로 떨어져 나간
밀인(密印) 같기도 하고
재와 먼지로 흩어진 밀서에 찍혔던,
누구 것인지 모를 봉인 같기도 한

저 밤의 수묵화에 찍힌 익명의 낙관.

135 태실

내가 물 같은 고요에 깊이 잠겨 숨 쉴 때,
어떤 낯선 압력의 악수에 이끌려
물방울 같은 옥중의 문을 닫을 때, 어머니,

그리고
내 안의 피와 혈류가 먼 바다의 염도처럼 낯설게 느껴질 때,
언제였던가요, 당신의 노랫소리
바람결인 듯 스치고 나를 부르는 음성은
메아리로 흐려지는데, 이토록 큰

적막을 한 조각 고요로 응결시키는 곳,
거듭 응결시켜 내 안의 두근거림이 되는 이곳은
어머니, 어쩌면
당신만이 아는 자리가 아닌지요?

136 가을의 마지막 일

가랑잎으로 해야 할 일 하나 남겨두고 묵상 중인
나무. 우듬지에 남은 나뭇잎 몇 장
두건으로 쓰고 오늘은
가을비 잉크로 엽서를 쓴다.
…… 사랑할 시간이 얼마 남지 않았다.
남하하는 새들은 둥지를 짓지 않고
여름 둥지의 노래 모두 떠난 숲.
고요하여라.
갈잎 밟으며 오는 한 사람.
비를 뿌리던 구름 사이의 햇살이
그의 이마에서 시편처럼 빛난다.
회오리바람이 하늘로 거두어간 곡물다발 같은
그의 시. 얼마 남지 않은
얕고 엷은 사랑의 눈금을 보며
잎자루에 달린 시어(詩語)가 떨고
향일성의 바늘이 떨고
그 바늘 끝이 가리키려다 가리키지 못한 곳으로부터
첫추위가 온다. 침묵의 노래가 온다.
그러나 아직
가랑잎으로 해야 할 일 하나 남겨두고
나무는 묵상 중이다.

137 귀뚜라미의 별

오늘 이 지구는 귀뚜라미의 것이다.
누가 뭐라고 해도 귀뚜라미의 행성이다.

동천 따라 순천만 가는 길.
하천은 바다로 흐르고
은하수는 만을 거슬러 올라
귀뚜라미 노래로 인증 샷을 찍는 길.

동쪽의 더 먼 동쪽
언제나 여명인 나라와
서쪽의 더 먼 서쪽
언제나 황혼인 나라, 그 사이
밤의 비무장지대가 가로지르고 있으니

오늘은 귓속 가득 별을 담아 오리라.

귀뚜라미의 별에 사는
귀 밝고 눈 맑은 시인은
노래로 별을 빚을 수 있으니.

138 넘프의 시간

아주 작은 애벌레 한 마리가 조심스럽게, 느릿느릿 줄기를 타고 오르는 통에 졸방제비꽃이 미세하게 떨고 있는 것을 오래도록 바라보는

비 그친 오후의 한때.

몸으로 전해오는 이 은밀한 진동은 한 마리 애벌레인 나로 말미암은 대지의 흔들림일까, 내 생의 졸가리를 타고 오르는 어떤 미지의 애벌레로 말미암은 나의 심려일까.

139 얼음의 시

아직은 결박이 풀리지 않은 골짜기의 얼음 언어는 당신이 말하면 내가 듣고 그 들음, 그 들림은 바람꽃이 되고 노루귀가 되고 산괴불주머니가 됩니다.

아직은 묵언과 금식의 서약을 갈무리하지 않은 골짜기의 얼음 언어는 말하는 당신이 있고 그 말을 귀여겨듣는 쌍떡잎의 영민한 싹들이 있어 얼음 꽃을 불꽃으로 바꿔 산자락을 밝힙니다.

약속은 다하지 않았지요. 그래요. 희망이 다하지 않았으니 시련과 인내의 다함도 아득하지요.

여기, 혀를 말아 목젖까지 밀어 넣고 꽝꽝 언 입술로 겨울을 난 노래가 있습니다.

침묵의 약속으로 응달진 골짜기, 골 아랫마을의 넘칠 듯 흥겨운 해빙의 노래 들으며 가장 두꺼운 얼음장 밑으로 생애 첫 울음 같은 모음들을 산란하듯 흘려보내는 얼음의 시가 있습니다.

140 두 겹의 기도

나팔꽃이 꽃봉오리를 열고 달맞이꽃이 몽우리를 닫는
아침, 두 겹의 언어.

달맞이꽃이 몽우리를 열고 나팔꽃이 꽃봉오리를 닫는
저녁, 두 겹의 노래.

나의 언어는 늘 그와 같았습니다.
당신이 내 혀를 깨워 입술을 열게 한 노래 또한 그랬지요.

9월의 어느 한낮, 가을장마 속
절반도 꽃봉오리를 열지 못한 나팔꽃과
절반쯤 몽우리를 닫지 않은 달맞이꽃 사이에서 나는
언어와 침묵이, 또한 노래와 정적이
소실점까지 나란히 걷는 반려임을 깨닫습니다.

아침의 꽃봉오리를 열어주십시오.
내 언어의 저녁을 닫을 수 있도록.

저녁의 노래를 침묵케 하십시오.
아침과 저녁이 나란히 걸을 수 있도록.

141 무지개 그림자 속을 걷다

우리가 살아야 하는, 또는
우리가 누릴 수 있는 일곱 빛깔의 시간.

빨강. 피와 탄생의 시간.
주황. 요람과 춤추는 오렌지의 시간.
노랑. 마침내 그림자의 언어가 옹알이와 겹쳐지는
두 겹의 시간.
초록. 힘의 시간. 성숙의 시간. 야만의 시간.
파랑. 꿈과 환상의 시간. 환멸의 극점까지 뻗쳐가는 시간.
쪽빛. 완성과 절멸의 갈림길, 환희와 절망의 분수령,
그 아스라한 고갯길의 시간.
보라. 이제는 내가 응시해야 하는
겟세마네의 시간.

그리고 마지막,
이 모든 색을 골회로 만든 연금의 잔 속에 넣고
소금, 유황, 수은과 함께 벼려 만든
검정의 시간.
색의 끝과 시작, 세 번 부정에 이은 세 번의 긍정,
별과 십자가의 시간.

142 고리

원자력발전소의 거대한 굴뚝 위에서
금붕어 같은 구름이 쓸모없는 물음을 던져보고는
아주 우울한 회의에 잠긴다.
표백된 빛. 금속판 같은 바다.
단음파의 찌르르한 전율로 멈춘 바람.
해당화로 가득한 해변엔 흰 새들이 조각품처럼 꼼짝하지 않고
구름 또한 움직이지 않는다.
원통형의 웅장한 굴뚝들은
태곳적 신비로 뭉쳐진 물질적인 함성처럼 보인다.
침묵은 이곳 해안에서 제국의 중심을 형성한다.
아주 오래된 평화가 미묘하게 떨고 있는
여름 한낮의 빛.
그림자가 지워진 풍경 속에서
회의를 끝낸 구름은 홀연 가벼워져 허공과 반듯하게 겹쳐진다.
두께도 밀도도 표면도 없는 공간.
귓바퀴로 담을 수 없는 사이렌은 끊임없이 울리건만
대양으로 떠나는 배 한 척 보이지 않는다.

143 1945년 8월 6일, 히로시마

양송이 또는 망태버섯 모양의 흰 구름 아래
두 노인이 앉아 있다.
다가가서 보니 구름 정자 아래의 노인은
노인도 사람도 아니다.
형광물질과 석고로 만든 자동인형 같다.
두 인형은 마주 앉아 소꿉장난하듯 장기를 두고 있다.
조금 더 다가가서 보니
두 개의 인형은 오장육부와 뼛속까지 훤히 비치는,
성별을 알 수 없는 두 사람으로 바뀐다.
막 한 차례 눈부신 광풍이 방사상으로 휩쓸고 지나간 땅,
꽉 찬 듯하면서 너무 헐거워 어떤 밀도도 느낄 수 없는
땅은
헤아릴 수 없이 많은 나비의 날갯짓으로 가득하건만
그것은 환각일 뿐,
썰물처럼 고갱이들이 죄 빠져나간 이 무심한 평화는
또 그만큼 무서운 속도로 분열과 굉음으로 가득 채워질 것이다.
홀연 모든 움직임이 멈추고
핀셋으로 고막을 덜어낸 대지는 고요하다.
(이 순간은 얼마나 적멸에 가까운가?……)
대지는 핵과처럼 한낮의 영원성을 품었고

몹시 안정된 채 사방 수 킬로미터까지 지평선을 아우르며
어떤 제국도 누린 적 없는 안식을 구가하는 듯.
그렇다. 이 땅엔 그럴 만한 자격이 있다.
보라. 그토록 울창하던 빌딩 숲은 사라졌고
그토록 무모했던 무기와 장벽과 군대도 사라졌고
돌 하나 나무 한 그루 보이지 않는 이 땅에
하얀 버섯구름이 그림자 없는 빛 우산을 드리우고 있지 않은가.
맹세코 이 광경은 종말 이후의 강림을 보는 듯하다.
그렇다면 내가 인형이라 잘못 보았던,
최후의 인간이라 잘못 판단했던 두 등신상은
어쩌면 최초의 인간이지 않을까?
그토록 두려워했던 지구 최후의 날이,
바로 그날이 천국의 원년 그 첫날과 잇닿아 있는 것일까?
역풍으로 오는 첫 바람이 불자
뼛속까지 투명했던 두 사람이 돌연 들림을 받은 듯 떠오르며
흰 구름 속으로 빨려들고
장기판 위의 장기짝들은 새로 재편된 밤하늘의 성도처럼
빛을 발한다.

144 요르단 국경에 날아온 두루미

어떤 짓궂은 신이 날려 보낸 것일까?
종말을 확인하려는 듯 날아온
새 한 마리.

새는 돌아가 뭐라고 고했을까?
상복을 입은 대지에
나무 한 그루 문상 오지 않았다고?
불 꺼진 지 오래된 재의 빈소에
국화 한 송이 놓여 있지 않았다고?

새는 울었을까, 노래를 불렀을까?
별과 별 사이엔 부고장이 오고갔을까?

태양이 침몰하는 열사의 하늘,
종이비행기 하나.

145 쇼트트랙

직직거리고 툭툭 튀면서
한없이 돌아가는 레코드판.
트랙과 트랙 사이에서 무한 회전하는 침묵은
어떤 노래를 암송하는 것일까.
점멸하는 음표들로 빼곡한
우주의 검은 원반.
화성에서 목성까지, 목성에서 다시 해왕성까지
어떤 신들의 음반이
녹음된 멜로디를 재생하고 있는 것일까.
복각된 불과 재의 노래를.

146 지옥에서의 또 한 철

올림포스의 열두 신이 지상을 굽어볼 때
나는 여든여덟 개의 성좌를 올려다보는 나의 테라스를 가졌지.
말발굽 소리 잠잠한 태양신의 길에 수레국화처럼 핀
열두 송이 꽃으로 꽃 점을 쳤지.
신들의 점괘는 나와 달랐지만 나는 괘념치 않았고
내게 관심조차 없었던 그들에게도 어쩌면 무관한 일이었으
리라.
때때로 기분이 우쭐해질 땐
나만 아는 별자리들을 천상에 아로새기곤 했지.
하지만 이젠 책임질 수 없는 꿈의 일로 돌리기로 했네.
어떻게 그 계절이 갔을까? 어떻게 나는
그 계절이 다했을 때 공손함과 더불어 비루함을 익히게 되었
을까?
나는 신들이 보는 어떤 빛나는 세상과도 역으로 보며
사계절이 아닌 스물네 개 쯤 되는 하늘의 절기들을 손꼽아보네.
제신을 찬양했던 내 안의 복자는 숱한 기도문과 찬송가들을
가르쳐주었기에
나도 이제 기도할 줄 알고 찬양의 노래도 부를 줄 알게 되었네.
근데 내게 가장 난해한 문제는
이제 어떤 신도 지상에 거주하지 않는다는 것.

황도대의 열두 별궁 어디에도 신의 족적이 남아 있지 않다는 것.
소문과 뒷담화만 무성하다는 것.
내가 이 땅에서 찬양하고 시봉해야 하는 건
자본과 자원과 자산의 도적떼들.
어느 날 그들 중 한 놈이 똘마니들을 거느리고 나에게 와
내 펜으로 콧구멍을 후비며 내 어깨에 손을 올려놓고 말했지.
그의 충고는 늙은 삼촌을 대하는 조카처럼 애틋했네.
등산조끼는 그만 벗게. 그가 말했네.
현재 시판되는 가장 좋은 조끼에는 두 종류가 있지.
방탄조끼와 자살조끼.
자넨 어느 것을 택하겠나?
현대인은 누구나 조끼를 착용해야 한다네.
잊지 말게.

147 투오넬라의 백조

그 바람의 끝에서 시작된
삼십 년의 침묵.
젊은 날의 새들이 물고 온 전언은
유배였다. 그 긴 운둔의 시간에
그의 적거지로 날아드는 백조의 노래는
아름다웠으리라. 하지만
그는 지난 세기의 사람이었고
그가 맞은 새로운 세기는
죽은 자들의 기억으로 가득한
유령의 세기였다. 낯익은 얼굴들이
무덤 속으로 침몰한 꿈속에서 그는
모든 무덤을 파 뒤집어서 끄집어낸
구역질나는 낯익음을 마주해야 했다.
자신을 거부하는
무덤 같은 거울 속에서 마주하는 얼굴.
관 속에 갇힌
죽지 않은 자.

그렇게 그 바람은 끝났다.
시작도 끝도 물을 겨를 없이

실타래를 풀었다가 다시 감고는 몰해버린 바람.

나는 생각한다.
수년 간 폭풍처럼 몰아쳤던
고요의 끝을. 그리고
바람의 끝과 고요의 끝이 맞닿은 자락에서 울고 있는
떠나지 못한
한 마리의
늙은 백조를.

*「투오넬라의 백조」는 시벨리우스의 교향시 「네 개의 전설」 중 세 번째 곡.
아흔한 살에 죽은 시벨리우스는 제7번 교향곡을 끝으로 삼십 년간 침묵과
은둔의 삶을 살았다.

148 파울 안첼(Paul Antschel)

너의 눈이 밖으로 향할 때, 그 바깥에서
너의 눈이 뚫고 나가지 못하는 어둠을 파고 있는 이,
있다. 그것은
또 하나의 눈. 낯선 눈.

'오라, 너희들의 갱도를 뚫어라!'(첼란의 시「확신」에서)

암흑의 광석 속에서 너의 눈이 안으로 향한 채
강철을 입힌 슬픔으로 돌의 눈꺼풀을 팔 때
그때 네 앞에서 그가 일하고 있다.
그가 말한다. 여기 돌이 있으니,
거기 돌의 형제가 있으리라.
여기 어둠이 있으니, 거기
어둠의 친구도 있으리라. 그것은
두 개의 눈. 또 하나의 따스한 눈.

*안첼은 첼란의 유대인 성. 첼란은 신분을 감추기 위해 몇몇 가명을 써서 번역 일을
하다가 시를 발표하면서 파울 첼란이라는 이름을 사용했다.

망명지에서 그는 다른 이름으로 불리었다.
나는 그의 이름이 몇 개가 되는지 알지 못한다.
그에게 본명이 있었을까.
만약 그 이름을 부른다면 그는 대답할 수 있을까.
이름이 불리지 않기 위해 그는 얼마나 깊숙이,
얼마나 멀리 숨었던 것일까.
숨어서 떠돌았던 것일까.
숱한 제국과 국경에서 행해졌던
악몽과 같은 점호가 끝나고
검은 우박이 쏟아지는 일몰의 저편에서
신의 호명이 초저녁별처럼 메아리칠 때까지.

150
|
199

150 구름의 연인

이제는 떠오르지 않는 그 여자의 이름을 찾아보지 않기로 한다.

여자는 사진을 찍었다.

여자가 사진작가로 알려진 것은 그녀가 죽고 오랜 세월이 흐른 뒤 그녀의 필름이 경매에 부쳐지면서였다.

한 괴상망측한 수집광이 수십만 장에 달하는 필름을 구입했고, 몇 년 뒤 그 일부를 공개했다.

사진은 누군지 알 수 없는 얼굴들로 가득했다.

여자는 하녀였다.

여자가 유대인이었는지, 전운에 휩싸인 구대륙에서 건너왔는지 알려진 바는 없다.

한 평범한 하녀에 대한 사람들의 기억은 제각각이었다.

하녀는 직업이 아니었으므로 여자가 무슨 일을 하며 살다 죽었는지 공식적으로 남은 기록은 없다.

바닷가 벤치에서 잠든 듯 죽은 여자를 앰뷸런스가 실어갔다.

여자의 유품은 오랜 세월 연고지 없는 구름이 되어 떠돌았다.

현상해본 적 없는 필름들로 가득한 트렁크에 실려 떠돈 수십만 개의 얼굴들.

여자는 독신이었고, 하녀였고, 지상의 얼굴들 속에 흩어진 구름의 연인이었다.

151 몬스터

— 그대들은 존재하는 그대들의 돼지들에게 복종하시라.
  나는 존재하지 않는 나의 신들에게 굴복하리니.(르네 샤르)

사람은 진즉에 말할 나위 없고

개나 소나 말이나 돼지의 똥까지 거름으로 쓸 수 없는 세상.

도시의 젊은 여자들은 유모차에 애완견 두 마리를 싣고 다니고

시골 할머니들은 유모차에 우산과 호박과 열무를 싣고 다닌다.

유모차에 아이가 없다.

어느 날 이십대 부부는 유모차에 개 대신 시체를 싣고 승강기를 빠져나간다.

구 개월 된 딸이었다.

유모차는 토막 사체를 싣고 다니기에도 좋다.

의심받지 않는다.

바싹 말라 오그라든 노모들에겐,

그 쓸쓸함과

삭정이의 불씨 같은

긴 날들의 한숨엔

차양이 잘 쳐진 유모차 한 대면 충분하리라.

장례 행렬은 하지의 태양만큼이나 명료하고 단순하리라.

그렇게

유모차 상여가 떠난다.
어쩌면 그 속에
지지난 여름 물놀이 왔던 손녀가 놓고 간
피카추 인형과 그림일기 따위를 부장품으로 실어도 괜찮으
리라.

개들은 유모차 속에서 하품을 하고
장의용 캐딜락은 뭉게구름 속에서 녹슨 바퀴를 삐걱대고
그렇게
한 다스쯤 되는 기억 속의 아기들을,
개와 사람을 합성한 몬스터들을 고름 우유를 먹여 부양할
수도 있으리라.

이제
개나 소나 말이나 돼지의 사체까지도 거름이 되지 않는 이
땅은
광견병과 구제역과 아프리카돼지열병의 땅.
부패가 부패되고 오염이 오염된 땅.

살균 박멸되어야 할 영원의 땅.
파에톤의 태양 수레가 폐차된
유모차 구름의 땅.

천국보다 낯선
가상 모국에서의 짧디짧은 피크닉을
올해엔 개와 함께할까?
유전자 변형된 소나 말이나 돼지와 함께할까?

152 죽은 시인의 길

죽은 시인의 길은 잘 닦여 있다.
이정표도 있고 곳곳에 시비도 있다.
죽은 나무 한 그루 앞을 막지 않는다.
관광객도 많이 찾는다.
순례자들도 있다.
길 위에서 문학 지망생들은 시를 쓰고 베낄 수도 있다.

죽은 시인의 길은
죽은 시인이
앞서 죽은 시인의 뒤를 따르며 시를 썼던 길이다.
죽은 시인의 길은
죽기 전의 시인이
죽은 시인을 추모하며 시를 썼던 길이다.

그 길은 참 잘 닦여 있다.
시비와 시비 사이의 간격도 적당하고
연도별로 잘 정돈되어 있어
시의 역사를 한눈에 볼 수 있다.
가며오며 좌우를 살피면서 만보기를 채울 수 있다.

—

그리고, 모든 길이 그러하듯이, 길은 끝난다.
그리고, 모든 끝난 길이 그러하듯이, 길은 다시 시작된다.
죽은 시인의 길이 끝난 다음에도 길이 있다.
죽은 시의 길이다.

이쯤에서 의문이 생긴다.

참 이상하다.
죽은 시인의 길은 왜 죽은 시의 길에 잇닿아 있을까?
죽은 시인들 앞엔 죽은 시밖에 없었던 것일까?
죽을 때까지 시를 쓰고 죽은
죽은 시인들이 열어놓은
죽은 시의 길에서
또 이런 물음도 던져본다.
죽은 시인들은 앞에서 끌고 뒤에서 밀며
왜 죽은 시를 향해 나아갔던 것일까?
그리고 죽은 시인들은
왜 하나의 길을 줄곧 한 줄로 갔던 것일까?

오늘 그 길을 걷는다.

죽은 시인의 길을.

그 길이 끝나는 곳에서 시작되는

죽은 시의 길을 향하여.

153 중심의 어려움

펼쳐지지 않은 채 시드는 장미의 꽃잎은 장미의 중심에 있다.

꽃잎들을 펼쳐낸 힘의 중심이다.

지키면서 시드는 꽃의 중심이다.

154 하늘의 밭

북에서 남으로 눈부신 꼬리를 끌며 하늘 한가운데를 가로지
르다 사라지는
별똥별 하나.

광속으로 두 쪽 난 콩 모양이다.
귀두가 갈라져 있다.
살별이 긋고 지나간 하늘은 일순 공허해졌다 광대해진다.

지구가
씨 뿌리는 어떤 농부의 손아래 놓인 밭임을 알겠다.

155 열차 속에서의 독서

여기, 대지의 시인만이 구상할 수 있는
코페르니쿠스적 전회가 담긴 경이로운 천체도가 있다.

'언제나 별들의 짚단 위에 누운
새벽의 한 배 새끼들로 부화한 향기.'(폴 엘뤼아르)

맑고 차고 얕은 물속에서 조약돌과 별들이 모여
유선형의 개울을 따라 반두질을 하고 간 아침,

목련꽃이 피었다.

열차가 함열 역에 도착한다.

156 제석천
— 나의 이곳은 땔나무 숲이다.(『조주록』)

천상의 아궁이에다 신·인간·아수라·축생 등 온갖 땔감을 끌어다 불 싸질러놓고는 그 속에서 금강석보다 건고한 숯덩이 하나를 꺼내 잘게 빻아서 흩뿌려놓은 밤하늘.

157 피닉스자리

카시오페아자리 너머 은하수 북쪽 강안에
불타는 성운으로 내가 새겨놓은
피닉스자리.

새벽 해를 불러오는 천상의 바다가
어안렌즈로 바라보는 지구의 끝. 그곳,
다시 한 바퀴 돌아온 동트는 자리에
재와 함께 몰락하지 않은 불이
어떤 부활을 꿈꿀 수 있을까?

한 번 더, 다시 한 번 더!
몰락의 반복과, 되풀이됨의,
기꺼이 되풀이함의 새로움.

소멸의 등걸에서 움켜쥔 한 움큼의 싹.
푸르구나. 어느덧, 붉구나.
밤은 에테르로 농축된 석탄처럼 빛나고
백색왜성이 적색거성을 깨뜨려
불멸의 부싯돌을 찾는다.

—

남과 북의 극성(極星)들을 지우며 탄생하는 별.
우주의 거대한 장작단 위에서 알을 깨고
날갯짓하는 새.
나의 새. 그의 비상.

158 희유곡

은하수와 키스해본 자는 안다

묶음의 별들에 모음을 달아
한여름 저 넘칠 듯한 젖의 강을
디베르티멘토로 춤추게 한 자는.

양치기의 충혈된 시선을 피해
거기서 서너 발짝쯤 떨어진 왕관자리,
그 중에서도 어느 잡놈에게 버림받은
왕녀의 고귀한 눈물을 이슬과 함께 받아 마신 자는.

샛별로 떠오르는 여신을 새벽까지 숨어 기다렸다
체면을 구겨서라도 성희롱해본 자는.

그래, 그자는 알 것이다.
별은,
모든 별은 싸라기고 덧없는 떠돌이라는 것을.
훅 불면 흩어지는 뉘나
쌀겨, 보리등겨 같은 것이라는 걸.

159 이곳의 소낙비와 저곳의 무지개

산중턱 너럭바위와 산꼭대기 부처바위,
골짜기에 숨은 그대 띳집과
대가 끊긴 선산의 봉분들,
한 그루 한 그루가 집 한 채를 이룬 왕버들 숲과
물이 오르기 시작한 한식날의 젖무덤들,
홍련과 백련과
꽃 저문 뒤 가문 햇발 향해 황동 방패를 추켜올린 연잎과
제 밑도 못 비추는 외등 같은 연밥과
또 뭐 중대가리 같고
완곡하게 속곳을 쓸어내린 아랫도리 같기도 한
산야를,

결코 겹치진 않지만 곰살갑게 이웃한
뫼와 들을

보는 둥 마는 둥
이미 다 본 듯 머쓱하게,
본 적도 없는 듯 데면데면하게

가지 않을 것처럼,

멧부리에 젖이라도 물릴 것처럼 몽실몽실
젖비린내 나는 꿈에 젖어
초유처럼 희고 푸른 숫기로 베돌다 사라져간,

돌아보면 불현듯
사라지고 없는 구름아.

오래 견딘 지루함일 뿐인 사랑아.

160 우수(雨水)

마고할미 봄 마슬 나온 들엔

몽우리도 맺지 못한

민들레, 민들레.

백두옹은 어디 있나. 금비녀 아씨는 어디 있나.

두샛바람 속 진눈깨비 치는 할미 소리.

울 어미 소리.

개구리 얼굴에 물 붓듯 흩뿌리는 실비.

올 듯 말 듯 봄은

갈 듯 안 간 기억 죄 깨워놓고.

내 두꺼비는 어디 있나. 금개구리는 어디 있나.

비 되지 못한 눈과 눈 되지 못한 비로

희끗희끗

끝없는 들.

161 한식

근질근질한 뒷덜미로 양지꽃 싹이 푸르러오는 산기슭
빗돌 없는 무덤으로
이틀 연짝 봄 문안을 다녀왔지.
땅은 얼마나 많은 물을 머금고 있던지.
어제 젖은 구둣발이 더 깊이 젖어
발끝에 땅의 괄약근이 느껴졌지.
밀물져 오르는 봄물마다 한 살 더 먹은 텃새들이 날갯짓하고
입이 무거운 땅은 또 얼마나 많은 노래를 머금고 있던지.
술밥처럼 단전호흡하는 땅.
맺혔던 맘 죄 풀어 노래 한 소절 맺으려 했으나
지난겨울 벌물 켰던 얼음이 너무 적었는지
향나무 짙푸른 불에 가슴 타버릴 것 같아
꽝한 소주 몇 잔 들이켜곤 돌아왔지.
살얼음 지는 땅에 발자국 거꾸로 밟아 지우며.

162 제비꽃 무덤

제비꽃! 나는 소년이다.
강아지 같은 봄.

곱다랗게 뻗친 은백색 수염에
민들레 꽃씨 하나.
민들레 꽃씨 두 개.
재채기하는 고양이.

제비꽃! 봄은 소년이다.

163 나뭇잎 손

나뭇잎에 손을 올려놓고 잎맥과 손금을 함께 읽는 일.
(받아야 할 땐 작은 그릇이 되고
받들어야 할 땐 시봉의 섬돌이 되는 손.)

나뭇잎 아래 트레이싱페이퍼를 받치고
잎맥을 손금으로 아로새기는 일.
(햇빛과 비를 받으며 아주 가깝게,
그러면서도 몹시 드높게 하늘을 받드는 잎.)

햇살이 투과한 미농지 같은 신록 아래
아이의 살갗을 먹지처럼 대고 골필로 복사하는 봄.

164 아베마리아

오목눈이 엄마와
오목눈이 오누이가
(아빠는 언제나 출장 중……)
오순도순 재잘재잘
그리도 곰살궂게
그리도 불땀 세게 살다 간
둥지,

풀잎과 나뭇잎으로 엮어 만든
성모의 컵에
오늘은 하얗게 눈이 쌓였네.
오, 성탄의 눈!

성수반에 담긴 하늘.

165 미실

도시의 매화는 담장 너머에서 활짝 피어 어느덧 몽롱한데
시골의 매화는 무슨 당돌한 약속인 양 연둣빛 몽우리를 꽉
움켜쥐고 있소.
누구는 아파트를 넓혀 이사 가고 누구는 새 차로 개비한다지만
봄 맞아 둥지 짓는 까치의 일 만하겠소?
눈 녹자 이끼는 꽃대 세워 포자주머니를 터뜨릴 참인데
겨울잠에 든 폭포 옆에서 총기 어린 눈으로 얼음 눈금 세던
일을 물어보아야겠소.
볕에 취한 나비처럼 문안 가는 길을 잃었소.

166 너의 이름으로 나를 불러줘

　우리가 늙어가는 사이, 내가 모자를 찾아 쓰는 사이, 아이는 어디로 갔나? 아이야, 내가 너의 이름을 불러주기도 전에 구름이 훔쳐 가버린 아이들아. 안나! 돌이! 소피! 순이! 난 알지 못하지. 저 짓궂은 해와 구름의 가위바위보 틈바귀에선 어떤 이름을 불러야 하는지. 개구리! 생쥐! 메추리! 마흔여덟 개쯤 되는 손가락을 가진 손이, 그러한 손을 마흔여덟 개쯤 가진 팔이 이토록 떨면서 부르고 있지만, 아이야, 어쩔까, 나는 너를 소리쳐 부를 이름을 갖지 못하였으니. 안나! 개구리! 돌이! 생쥐!

167 홀

기와와 마루청을 포개면,
서책과 무릎을 포개면
저 하늘 별들은 말고
모과 열매 다 떨구기 전
모과나무 노란 잎들이 내려앉는
다듬이나무 하나 마름질할 수 있을까?
무릎방석에 앉히고 싶은 손주 같은
가난이여.
첫눈 들기 전의 폐허 같은
사랑이여.
저 아득한 놀빛 한 겹,
열매보다 먼저 낙향한 가랑잎 한 겹,
입동 지난 달빛 한 겹,
그렇게 겹으로 포갰으니
그대 이제 내게로 와서 앉으시게.
두 마음 포개면 먼 길 떠날 수 있으니.

168 개 건너 북촌

저물녘인데 굴뚝에 연기가 오르지 않으면 문안을 가곤 했던 산촌의 습속.

오래 적적했던 마을에 길손이 들면 짖는 개의 목에 가래가 끓는다.

냉돌인 밤이면 불 꺼진 빈집 미닫이문 뒤에서 문풍지 떨 듯 쇠잔한 기침소리.

169 우음(偶吟)

혼자 계신 곳 언저리를 서성거리다 가는 일 여러 해.

혼자 계신 곳 돌담 곁에서 돌의 무늬를 묵새기다 가는 일 여러 해.

마음에 새긴 무늬로 아주 이따금 문을 열고 닫는 일 여러 해.

풀꽃 피었다 씨앗 맺는 마당,
귓등을 치는 나비 날갯짓이 벼락같다.

170 여름 산

여름 산은 높다.

그대 안의 짐승이 묻는다. 말하라, 떨어지기 전에. 그대가 오른 여름 산이 어디에 있는지.
그대 안의 또 다른 짐승이 묻는다. 말하라, 그대가 떨어져 내릴 여름 산의 꼭대기가 어디에 있는지.

여름 산, 여름 산은 부른다. 그대 안의 털북숭이 짐승을.
그리고 묻는다. 너의 성숙은 언제 충분하다 할 만한 것이 될 것이냐?
너는 반쪽짜리 인간의 균형 잡히지 못한 젖으로부터 언제 이유할 것이냐?
튼튼한 두 발로, 또는 두 날개와 두 팔로 이소(離所)할 것이냐?

여름 산은 묻는다.
여름 산은 부른다.

171 제리코의 손

— 임종의 자리에 누운 채 화가 제리코는
  그의 오른손으로 왼손을 그리고 있었다.(미셸 투르니에)

생기 없는 침묵에 장악되어

떨 뿐, 움직이지 못하는

손.

왼손.

그 손을 본다.

썩어 문드러진 오른손이

영원의 박제로 포획해놓은

빈사의 손을.

172 오딘의 새

오딘의 양어깨에 앉은 두 마리의 새.

생각이라는 이름의 새와
기억이라는 이름의 새.

지혜의 씨앗을 물어오는
생각과 기억의 검은 새들.

173 멕시코—테노츠티틀란 비문 1

아스테카 멸망의 여덟 가지 징조 중 여섯 번째 일어난 일이다.

한 여인의 울음소리가 매일 밤 쉼 없이 들렸다. 여인은 한밤중에 울부짖으며 돌아다녔고, 큰소리로 다음과 같이 외쳤다.

"얘들아, 이제 우리는 멀리 가야만 한단다."

이런 말도 했다.

"얘들아, 내가 너희들을 어디로 데려간단 말이냐?

어디에 숨길 수 있단 말이냐?"

174 멕시코—테노츠티틀란 비문 2

모테쿠소마 왕이 코르테스를 영접하기 위해 옷매무새를 가다듬고 길을 나섰다. 왕은 꽃으로 스페인 사람들을 맞았다.

커다란 쟁반에 꽃들을 올려놓고, 중앙에는 향기로운 꽃들과 노란 꽃, 아주 귀한 꽃들을 돋보이게 놓았다. 가슴까지 내려오게 목에 걸 수 있는 화환도 있었다. 금 목걸이와 갖은 보석 목걸이, 직물로 짠 아름다운 목걸이도 있었다.

모테쿠소마 왕은 코르테스와 그의 부하들에게 화환을 걸어주고 온갖 종류의 선물을 주었다.

왕이 큰소리로 말했다.

"신들이시여, 당신들은 당신들의 땅에 오셨나이다!"

175 임제(臨濟)

묻는다.

'한 사람은 외로운 봉우리 꼭대기에 있되 빠져나올 길 없고
한 사람은 십자로 가두에 서 있되 향하는 바가 없다.
누가 앞에 있고 누가 뒤에 있느냐?'

다시 묻는다.

'한 사람은 무궁한 세월을 길에 나와 있되 집을 떠난 바 없고
한 사람은 집을 떠났으되 길에 있지 않으니
어느 쪽이 사람과 하늘의 공양을 받을 만한가?'

176 옛 우물

물이 흘렀던 흔적을 더듬어 오래전에 말라버린 샘을 찾아가 듯 너의 가슴 속 폐정(廢井)에서 잊었던 소리 하나가 맴돌이 친 다.

누가 그 우물에 두레박을 드리웠고 누가 젊었던 얼굴을 비쳤 으며 누가 우물을 버렸고 누가 우물 속에 몸을 던졌는가.

177 객성

숨어 사는 별이 있더라.
밤이 이슥해서야 산등성이 위로 가뭇가뭇 떠올라
남쪽 하늘로 비스듬히 누워 구르다가
날이 밝기도 전에 산 저편으로 몸을 감추는 별.
그런 별들이 있더라.
어둠으로 씻고 또 씻어야 보이지만
자세히 보면 보이지 않는 별.
껍질을 벗고 또 벗다 껍데기만 남은,
어쩌면 가뭇가뭇한 그 빛조차 껍데기에 지나지 않을.
성좌엔 말석조차 없어 성도 밖을 떠도는 별.
큰스님 옆댕이에서 공염불이나 외다 가는 별.

178 누에늙은이의 방

몸을 둥그렇게 말고 마음 동굴에 어둠을 쟁이네.
추분 지난 저녁,
한 마리 누에가 되는 밤은 길어지고
이마에 담은 별빛으로 몇 잠을 나야
이 누추한 몸을 벗을까.
처마에 비 듣는 기척.
장뼘으로 꿈을 재며 지문이 닳은 길을 더듬어 오시는 이.
몸의 동굴에서 마음은 어떤 비상을 꿈꾸는 것일까.
희디흰 고치 안의 밤.
밤의 고치 속 환하디환한 꿈.
화석이 되는 지층에서
은화식물의 포자가 발아하는 시간까지
어둠이 쌓이고
물방울 하나가 빛의 입자가 되는
그 오랜 응결의 시간 동안
둥그렇게 몸을 말고 누에의 꿈을 꾸는 잠.
태고의, 혹은 태초의.

179 썰물의 길

하구가 아니라도 좋아.
물 빠진 모래톱에서 옹알이하는 샘이 아니더라도.
육지와 연륙교로 잇닿은
들이 너른 섬의 개울을 따라 흘러
송사리들과 더불어 갯내나 맡다가
그와도 헤어져
겨드랑이에 모래무지 같은 지느러미를 달고
감태가 초원을 이룬 얕은 바다로 들었다 길 잃은
물길 한 줄기이고 싶네.
바다로 가는 날,
오래 가물었던 하늘에 가랑비 부옇게 퍼져
해안의 곰솔이며 거룻배, 등 뒤의 발자국 모두
수성잉크로 번지는 저녁이면 좋겠네.
내가 바다로 드는 날.

180 사슬에서 풀린 프로메테우스

독수리는 충분히 살이 쪘다.
프로메테우스는 자신의 독수리를 요리해 식탁에 올린다.
그가 말한다. "글쎄요.
놈이 나를 조금은 덜 괴롭혔더라면 놈의 살이 덜 쪘을 테고
그랬더라면 좀 더 오래 살았을 테고
이처럼 맛난 먹거리가 되진 못했겠지요."
프로메테우스는 독수리의 간을 못마땅한 듯 먹어치운다.
"제우스는 돈이 많아요. 은행가이자 대부호죠.
원한다면 누구에게나 독수리를 한 마리씩 분양해주죠.
그런데……" 갑자기 그가 목소리를 낮춘다.
"인간에게 독수리는 무엇을 의미하는 걸까요?
아니, 인간의 간을 파먹는 독수리는 과연 무엇일까요?"
프로메테우스는 독수리의 발을 닭발 뜯듯이 물어뜯는다.
"그걸 알아야 해요. 누가 이토록 많은 독수리들을
부양하고 있는지. 누가 독수리의 알을 포란하고 있는지.
왜 이 땅엔 사람 머릿수만큼의 독수리가 있는지."

181 라만차 평원에 세워진 빗돌

여기, 이곳을 기억하라.

그곳은 늘 사거리여야 한다.

왜? 묻지 말라.

편력기사의 길이 어디서 시작되는지 누가 알 것인가.

그곳에 서면 라만차 기사가 부르짖는 소리가 한낮 태양 아래서 작열한다.

"멈추어라. 라만차의 여왕 둘시네아 델 토보소보다 아름다운 여인은 이 세상에 없다고 맹세하지 않는다면 거기 있는 누구도 이 길을 지나가지 못하리라."

또다시 작열하는 태양. 숨 쉴 수 없을 정도로 꽉 끼는 갑옷을 입은 기사.

들어라. 늙은 말 위에 올라탄, 그 역시 말만큼이나 늙은 기사가 소리친다.

"세상에 둘도 없는 옥안을 직접 눈으로 보고 거기에 경의를 올린다면 그게 뭐 대단한 일이겠느냐? 중요한 것은 그 얼굴을 보지 않고도 믿고, 고백하고, 맹세하고, 받들어야 하는 것이다. 정녕 너희들이 맹세하지 않는다면 나와 결투를 벌여야 할 것이다."

182 도화

말바우시장 중앙 통로에 있는 나주축산의 칼잡이 두 명.
소 갈비짝에 붙은 살점을 발라내는 모습이
목판에 경을 새기듯 골똘하다.
정육점 맞은편,
집은 허물어져 터만 남은 마당에
복숭아나무가 꽃을 활짝 피웠다.
대낮인데도 불을 훤히 밝힌 푸줏간.
루미놀에 감식된 혈흔을 담고서
아득하고 날선 색조로 발광하는 빛.
새김용 칼을 움켜쥔 두 젊은이의 칼질은
주의 깊고 세심하고 경건하기까지 한데
목장갑에 덕지덕지 붙은 핏빛 지방 덩어리들.
혼신의 힘을 다한 칼질에 푸들거리는 갈비짝들.
꽃은 피고 핀 꽃은 햇살에 넋을 잃고
칼날에 발라진 손톱만 한 살점들처럼
흩날리는 꽃잎들.
흥중도 없이 앙상해지는
뉘 것인지 모를 봄의 흉곽.
'나주축산 농장직영 매일 작업 생고기 전문'
꽃도 그렇게 핀다.
직영으로. 매일매일. 생짜로.

183 소나무

1. 자살하는 나무

대부분의 나무들은 어떡해서든 악착같이 살아가려 애쓰는데, 내가 관찰한 바로는 자살률이 가장 높은 나무들 중 하나가 소나무라는 생각이 든다. 특히 이 땅의 토종 소나무들은 웬만큼 견디다 이게 아니다 싶으면 스스로 등골을 으스러뜨리든지 무참하게 목을 꺾고 만다. 점점 깊숙이 파고드는 도시의 공해도 싫고 전원주택의 고기 굽는 냄새도 싫고 참나무들과의 자리다툼도 싫은 것이다. 살만큼 살았다 싶은 아름드리나무일수록 더욱 그렇다. 견디다 못해 쓸쓸하게, 아주 긴 시간을 두고 고통스럽게 죽어가는(아니, 살아가는) 밤나무나 벚나무들을 보라. 그들은 어떤 경우에도 자연사를 택한다.

2. 고절송(孤節松)

가장 행복한 소나무는 어떤 소나무일까 머릿속으로 그려보다가 통도사 들머리의 낙락장송도, 해마다 막걸리 한 말을 마신다는 땅 부자 석송령도, 울진의 황장목도, 하물며 벼슬까지 한 보은의 정이품송도 아니라는 데 생각이 미치자 불현듯 삼복더위에 맵짠 눈보라가 몰아치는데, 누구도 오를 수 없고 새 한 마리 깃들지 않는 천 길 벼루 끝 험원한 터에 제가 가꿀 수 있는 가장 견고한 형태로 품새를 이루고서 좁다 높다 탓하지 않고

하늘 처마에 시름을 맡긴 채 한순간도 눈 질끈 감는 법 없이
백척간두 아래의 골과 숲을 굽어보는 조선솔 한 그루가 떠올라
빙그레 웃음을 지어보는 밤.

184 얼음편지

간밤에 밀려온 구름은 눈과 함께 육각형 눈의 결정처럼 생긴 거미들을 홀씨처럼 흩뿌려놓았습니다.

여섯 개의 투명한 다리를 가진 작은 거미들.

거미들이 이동해온 허공의 길은 물론이거니와

발자국 하나 남기지 않고 그들이 걸어온 설원의 길은 찾을 수가 없습니다.

하는 수 없지요. 거미에게 물어보는 수밖에요.

저는 쪼그리고 앉아 영하 십오 도의 아침에 토끼나 고라니의 발자국조차 찍히지 않은 눈밭을 앙금앙금 기어가는 거미 한 마리를 지켜봅니다.

그 암울했던 천황(天荒)의 밤에 놈은 어딜 가려고 눈구름에다 은빛 사다리를 걸었을까요?

끊임없이 재편되는 조직들 속에서

무도한 질서만이 율법으로 군림하는 세상의 어떤 배면이

놈을 파천황의 섬광 속으로 던졌을까요?

거미의 행군은 쉴 틈이 없습니다. 그런데 저는 벌써 춥습니다.

가스보일러가 활활 타는 집이 그립습니다. 그리고

거미에겐 미안한 말이지만

사실 놈에겐 희망이 없어 보입니다.

그루터기 하나 없는 눈 덮인 동토에서 살아남는 방법은 하나

244

뿐일 터이지요.

스스로를 급속 냉동시켜 월동한 뒤 해빙을 기다리는 것.

거미에게 작별을 고하고 그곳을 떠납니다.

지난겨울의 일입니다.

저에게도 참 무모했던 겨울이었습니다.

185 사슴 사냥꾼

꿈을 꿀 때
너는 말의 눈으로 꿈을 본다.
꿈을 꿀 때
너는 말의 눈으로 사슴을 본다.
꿈을 꿀 때
너는 말의 시간, 말의 기억으로 세계를 본다.
사슴은 말과 함께 서 있다.
말과 사슴이 함께 달린다.
유제류의 지층에서 산양과 염소를 불러낸다.
긴뿔들소를 불러낸다.
말과 사슴의 발굽 아래서
사슴과 염소가 하나 되고
말과 산양이 겹쳐진다.
천마가 연꽃 날개를 펼치고
암반 속에서 피보다 따듯한 샘을 솟게 하는 일각수.
말의 눈으로 꾸는 꿈속에서
들판은 무한히 넓어진다.
하늘은 드높고
바람이 금빛 갈기를 푼다.
땅과 하늘이 몸을 맞대자

바람이 멈춘다.

말과 사슴과 염소와 산양은 호수에 이르러

함께 물을 마신다.

말과 사슴과 염소와 산양은

처음으로 자신들의 얼굴을 본다.

홀연히 호수에 파문이 인다.

얼굴들이 사라진다.

천마도 없고 일각수도 없다.

꿈을 꾸는 너는

불현듯 꿈의 눈으로 자신의 얼굴을 본다.

말의 눈이 향한 안쪽, 그곳에

또 한 마리의 말이 있다.

사람의 얼굴을 가진 말. 그 말은

빠른 속도로 모습을 바꾸어

또 다른 말,

반인반수의 말,

사람이 올라탄 말이 된다.

말은 눈을 감는다.

말의 눈이 감기자 너의 눈이 번쩍 뜨인다.

잠에서 깬 너의 눈이 휘둥그레진다.

꿈이 깨지고
꿈에서 깬 너의 눈이 무엇을 찾는 듯 두리번거린다.
너는 벌떡 자리에서 일어나 말한다.
"아빠, 꿈을 꾸었어요.
말을 타고 사슴을 잡는 꿈을요!"

186 달항아리

달항아리를 안고 집으로 돌아가는 그 남자는 만삭의 여인 같았다.

그것은 어디에도 소용이 되지 않는 물건이었다.
물 항아리로 쓸 수 있는 오지그릇도 아니었고
조선의 그 흔한 장독대에 놓이기엔 너무 유약하고 부실해 보였다.
바닥이 되는 아랫것과 주둥이가 되는 윗것을 따로 빚어 붙인,
그래서 이음매가 눈에 띄게 엉성해 보이는 그 큰 도자기는
그런데 어느 방에 들여놓아도 이미 제가 한 살림 차린 듯 저 홀로 텅 비어
허공의 바람 같고 바다의 물결 같은
살과 향을 퍼뜨리는 것이었다.
모든 것을 끌어들이지만 어느 것도 받아들이지 않는 공허처럼.
바늘 하나 찔러 넣을 데 없는 충만함처럼.

조선에서 발견한 그 물건을 품에 안고 영국으로 귀향하는 그의 모습은
저 먼 애급 땅에서 베들레헴으로 돌아오는
이스라엘의 여인 같았다.

187 사이프러스

 수없이 많은 나무를 그렸던 고흐의 캔버스에 사이프러스가 처음 등장한 것은 그가 생레미의 정신병원에 입원한 뒤이다.

 '술병처럼 푸르고 이집트의 오벨리스크처럼 아름답다'고 표현한 바 있는 사이프러스에 대해 어느 날 고흐는 테오에게 보낸 편지에서 '햇볕 가득한 풍경 속에 뚫린 시커먼 통로'라고 썼다.

 프로방스의 여름, 일순 눈앞이 깜깜해지는 한낮의 빛, 하늘과 땅 사이에 검은 통로를 이루고 솟은 나무. 빛의 핵과 속에 뿌리 내린, 상복을 입은 나무.

 태양의 양극성이 『이방인』의 주인공을 살인으로 빨아들였듯이 빛의 사제이자 그 제물이고자 했던 북구의 화가는 또 다른 귀결점으로 자살을 택한다.

 생명력은 때때로 생명을 꺾는다. 외줄기 가지 하나인 삶.

 꿈의 언어가 되어버린 모국어로 지샌 불면의 밤들. 그 끝에서 지상의 모든 곳을 조국으로 품어 가진 이방인은 그리하여 생각한다.

 횃불처럼 타올랐던, 그 축복받은 여름의 검은 불기둥에서 어떻게 수십 마리의 까마귀가 폭설처럼 쏟아져 나왔을까……

 얼었다 녹는 진흙길이 그의 무릎이 되었던 서른여섯 번의 겨울.

188 my heart's in the highland

강원도 높은 산중에서나 드물게 마주칠 법한
고산식물들이
일천 미터 이천 미터씩 산을 내려와
아파트 화단에서 꽃피우고 몸집 불리는 품이 꼭
머리 깎고 승복 입고 정육식당이나 경마장을 기웃거리는
피둥피둥한 중들 같다.

내려온 것들은 올라가지 않는다.
물웅덩이 찾아 산란하러 온 산개구리 두꺼비들은
올라갈 길 끊겼다. 그렇게
내려온 것들은 올라갈 수 없다.
바닥을 치고 튕겨오를 힘없는 기초생활수급자와
바닥에 머리 짓찧고 길바닥에 나앉은 노숙자에게
신용등급 상향 조정이란 얼마나 요원한 것인가.
내 마음과 시는 늘
고원 암자에 머물지만 몸이 더 이상
고립무원의 산상에서 벗어날 수 없다면.

높은 곳이 낮은 곳 되면
한번 내려온 것은 다시 올라가기 힘들다.

그래서 도시는 점점 높아지고
고산식물들은 도심에 자리를 깔고
전철역과 지하도는
전에 못 보던 곤충과 파충류와 양서류들로
고층습원처럼 버글거린다.
어디에도 올라갈 길 없고 어디로도 올라갈 수 없다.

환속 승려처럼 승적이 박탈된 공원의
하늘매발톱 모데미풀에게 길을 물어야 할까.
빌딩 모서리에 우두망찰하고 선
주목에게 자작나무에게 산사 가는 길을?

*‘My heart’s….’ 에스토니아 출신의 음악가 아르보 패르트의 가곡 제목

189 연목구어

황태구이를 주문하면
통북어를 다듬잇돌 위에 올려놓고
손도끼 등으로 십여 차례 두들겨
연탄불에 그슬려서 내오던 '원주집' 호호할머니.
목어 같던 북어가 도끼에 두들겨 맞아 야들야들하다.

미시령 아래 첫 동네 황태덕장에선
겨울 한 철 명태회가 일품이다.
꽝꽝 언 동태를 식칼로 껍질만 벗겨
썩둑썩둑 섞박지처럼 썰어 초고추장에 찍어 먹는 것.
산중 오지에 교수당한 도적떼처럼 나무시렁에 달려
얼고 녹으며 겨울을 나는 물고기.
북빙양 먼 바다에서 잡혀와
얼려 먹고 말려도 먹는 한류성 어족을 보노라면
한산사 심검당 툇마루에 운판과 함께 매달려 있던,
바람에 염장되어 비쩍 곯은 채 입을 떡 벌린
목어가 생각난다.

도끼 등으로 두들겨 깨워야 할 것 같은
마음속 얼음 물고기.
연목구어의 물고기.

190 속담, 또는 격언

하늘에 삿대질하지 않고도 땅에 순종할 수 있게 해주는 것.
비웃거나 헐뜯지 않고 웃고 싶을 때,
복받치는 슬픔을, 억누를 수 없는 분노를 삭여야 할 때,
너무 심심한 찌개에 잘게 다져 넣는 청양고추 같은,
맥 빠진 일상에 던지는 겨자소스 같은, 또는
잠이 드는 참인지 깨는 참인지 알 수 없는
어리벙벙한 정신에 뿌리고 싶은 식초 몇 방울 같은,
그래, 그런 것.
온실 화원이 아니라 너른 들판에서 꺾어온,
절로 응축되고 스스로 여과되어 선정적이지도 자극적이지도 않은
꽃향기 같은 것. 이를테면

'백년 후엔 모두들 코가 없을 것이다.'(시칠리아)
'천년 후에 강은 제자리로 돌아간다.'(스페인)
'함께 나눠 먹는 물고기엔 가시가 들어 있지 않다.'(데모크리토스)
'고귀함은 금방 해져버리는 망토다.'(단테)
'가장 아름다운 세계 질서는 아무렇게나 쌓인 쓰레기더미다.'(헤라클레이토스)

'죽은 물고기들만이 시냇물을 따라 흘러간다.'(프랑스)

'발은 언제나 심장이 있는 곳을 찾는다.'(아일랜드)

'부지런한 며느리가 초사흘 달을 본다.'(한국)

'울지도 말고, 웃지도 말고, 이해하라.'(스피노자)

'설산 사자의 발톱은 얼지 않는다.'(미라래빠)

'여우는 이를 갈면서도 머리는 떨고 있다.'(수메르)

'호랑이의 줄무늬는 밖에 있고 사람의 줄무늬는 안에 있다.'(라다크)

191 표절에 관한 지침

빼거나 덧붙일 수 없는,
옮겨올 수 있고
자기 안의 연장이나 첨가물로 빌려 쓸 순 있지만
자기 것으로 삼을 수 없는,
한번 이상 사용하면 가치가 떨어지는,
어떤 것을 물방울이나 꽃받침처럼 싸고 있는

따옴표,
따옴표들은

충분히 존중받아야 한다.

192 늑대의 시간

비유나 은유일 뿐인 늑대야.
나는 마침내 내 공책 안에서 너를 사육하는 데 성공했다.
나의 아름다운, 늠름하고 실팍진 늑대야.
흰 종이 위에 박힌 검은 잉크로 뛰고 짖고 으르렁거리는
사유의 늑대야.
나는 결코 다시는 너를 그 어처구니없는 전래동화나
메주에 곰팡이가 슬기 시작하는
퀴퀴한 골방 밖 설원으로 방사하지 않으리.
존재하지 않는 야생에서 걸식케 하지 않으리.

교묘하게 바꿔치기한 두 번째 단어의 유효기간이 다한 어느
날
아무도 모르게 그들이 그 자리에 처음의 단어를 바꿔 넣었
을 때
세상에는 계절과 같은 주기가 있어
어떤 역사는 반복되기 마련이라는 어느 학자의 주장을 귀여
겨듣기도 했지만
그보다는
세상이 바뀌는 것보다 빨리 언어가 바뀌어도
사람의 기억은 멈춰 있다는 사실에 대한
놀라운 발견. 이
해묵은, 낡아빠진
인식.

194 마르시아스

진정한 가인은 신과의 겨룸을 두려워하지 않으니
극악한 형벌의 십자가에서 노래의 진정성을 묻고
그 완성됨에 마지막까지 귀 기울이려 함이네.

노래는
제 속살의 껍질을 벗겨
세상에 단 하나뿐인 피리의 가죽주머니가 되어
세상의 모든 피리들에 따스운 선혈을 전하는
봉헌과 같으니, 마르시아스여,

신은 너의 노래에 경악했고 파격을 피할 수 없었으니
용서하라. 용서하라.

195 바닥

당신은 이제 바닥에 닿았다.
이제 당신과 바닥은 맞닿았다.
당신은 바닥에 앉을 수 있고 누울 수도 있다.
바닥 위를 뒹굴 수도 있다.
당신은 어떤 행동도 할 수 있고
어떤 자세도 취할 수 있다.
당신은 바닥을 받아들였다.
바닥은 누구의 것도 아니고
누구의 것도 될 수 있다.
바닥은 어느 누구도 거절하지 않는다.
바닥은 당신을 받아들였고
당신은 그 사실을 받아들인다.
당신은 바닥에 떨어진 사람이 아니다.
당신은 바닥에 쓰러진 사람이 아니다.
당신이 바닥까지 내려간 것도,
바닥이 당신이 있는 곳까지 올라온 것도 아니다.
당신은 어느 순간 바닥에 닿았고
바닥에 닿은 몸을 누이거나 펼쳐
바닥을 느끼고
편안해지고 공손해져 하늘을 향해

눈을 뜬다. 당신은
나무의 뿌리가 어떻게 형성되는지
조금씩 이해하기에 이른다. 당신은
돌이 만들어지는 땅속 울림을
들을 수 있기에 이른다. 당신은
솟구쳐 오름, 높게 솟구쳐 오름,
누구보다, 무엇보다
높게, 먼저 솟구쳐 오름,
그 분출과 분류,
그 폭발과 용오름을,
배냇짓을, 옹알이를
느끼고 보고 들을 수 있기에 이른다.
당신은 마침내 바닥에 이르렀다.

196 정화된 밤

가랑잎 하나가 12음으로 허공의 현을 짚으며 내려앉는 밤,
밤송이 속에서 밤톨 하나가 가출하듯
오늘은 그렇게 마음 밖으로 나와
턱을 괴고 물끄러미 그 마음을 생각한다.
가령, 여러 해 동안 탈상하지 못한 슬픔 밖으로 나와
그 슬픔을 마주 보며
뒤집고 헤집어가며 곰곰이 되새겨보듯이.
유명을 달리한 지 삼십 년이 넘은 아버지의 기일에
하루 먼저 고향에 닿아
다 어두워진 시장 골목에서 소주를 마시고
홀로 여인숙 방에 누워
한 마디 말도 연소시킬 수 없었던
높고 가쁜 한 번의 들숨으로 하직했던 이별에 대해
생각하는 일.
순례자의 둥지처럼 작은 불을 밝힌
외딴 마을 목회자의 집 곁을 서성이며
마음에 닿아 한 물결 일지 않는 적요함과
핏발이 섰던 그 고독의
무익한 탐욕에 대해 생각하는 일.
노는 입으로 외는 염불처럼 텃밭을 가꾸며

개와 고양이에게 정을 붙였던

좌절과 침잠의

그 부끄럽고도 욕된 한때를 반추하는 일.

두어 차례 오갔던 낯선 도시의 번잡한 길 위에서

습관처럼 마주쳤던 불안과

그 불안에 의해 이미 낯이 익어버린 세상의

집적되고 집중된 악습은

얼마나 혹독하게 나를 '그들'로 몰아갔던가.

이 비겁한 배임과 도주의 방식에 대해

오늘은 가랑잎 하나로 나를 떨어뜨려

무조(無調)의 허공을 까칠한 반성으로 더듬어 내려오면

밤하늘은 수천 벌의 상복을 짓기 위해 펼쳐놓은 옷감처럼 환하고

조각조각 표표히 흩어지는 꿈같은 구름들 아래

가랑잎, 가랑잎들은

얼마나 먼 데까지 닿아 나를 깨우는가.

197 문향(聞香)

향기를 위해선 바람도 멈춰야 하리.
무릎에 누워 잠든 고양이도 숨을 멈춰야 하리.
향기를 듣기 위해선
들이쉰 숨 내쉰 숨도 멈춰야 하리.
창문도 닫아야 하리.
향기는 먼 곳에서 온 손님.
먼 곳에서 와서 먼 곳으로 가는 그는
쉴 수 없으니
그가 잠시 머물 수 있게 모든 것이 멈춰야 하리.
머물러 쉬어야 하리.

198 직지사의 스물여덟 번째 타종

굳힌 쇳물 다시 녹이면서 온갖 것이 귀 되어 울리는
한 세계가 탄생하다.

돌들, 광물들, 불변에 이르지 못한 부동의 형상들,
그리고 모든 무덤이 처음으로 돌아가
그 비롯된 자리에서 다시 종말을 향해 무한의 파문을 그리고
또 그려야 하는 세계가.

199 무궁화 향기 고요한 나라
— 무궁화 나라(槿花鄉).(최치원)

무궁화 피는 백일 동안의 여름을 가진 나라.
그 꽃 위에서 뭉게구름도 꽃을 피우고
느티나무와 왕버들은 목화솜 같은 뿌리의 꿈으로
날아오른다. 그 나라,
백일(白日)의 몽유에 흠뻑 젖을 줄 아는
그 나라의 백성.
구름과 목화의 서고엔
아직 서책으로 엮이지 않은 목각판들이 빼곡하고
피었다 이운 뒤의 꽃이
새로이 몽우리를 터뜨리는 꽃과 꽃술로 숨을 나누는
땅. 무궁화 첫 몽우리 터지는 날,
대지가 앙련(仰蓮)으로 피어나는 날, 하늘을 보라.
온 누리를 품어 가꿀 듯 오체투지 한
천수천안의 관음 연꽃을.
내 그러한 나라에,
하늘 아래의 땅인 조국에
내가 그 이름을 알고 호명했던 뭇 산 것들과
아직 이름을 지어 부르지 못한 온갖 생명들과 더불어
머물다 가나니, 남긴 발자국 모두 지우지 못하고
흩어지나니, 조국이여,

누구의 것도 아닌,
별과 나뭇잎과 새의 인장이 찍힌
깃발의 나라여.

SEPVTVRE
DE L ESTIENE
LOVBET
METRE
CHANDELIER
DE TOVOVZE
L DESSIENES
R L P A
1 7 0 0

작가 불명의 시비 한 조각 —후기를 대신하여

…… 아마도 그러하리라.
이제는 아득한 메아리가 된 그날 우리들의 만남에
등불 하나 밝혀진다면
그처럼 높고 아스라이 떠돌던 소리 하나하나가
어떤 악기에 가장 부합되는 바람결처럼 불어와
오래 잊히었던 우리의 노래를 일깨워 주리라.
그때면 우리의 잊음과 잊힘이
서툰 초고 위에 꿈의 누각을 세워 올리기 위한
각별한 노고였음을 깨닫게 되리.
끊임없이 고쳐 쓰고
탈고란 없는 침묵 끝에 대문자를 세우고
확정되지 못한 말과 소리 사이에서 강물이 범람하던 때를
그대는 잊었는가?
정녕 잊었는가. 제한된 경작지에서
무너지는 많은 것들로 점점 폐허가 넓어지면서
저 너머, 저 밖에서 우리가 엿보려 했던 희망을.
그 무모했던
불굴의 전망을.

가랑잎에 옮긴 2백 개의 비문

ⓒ2021 김영래

초판인쇄 _ 2021년 2월 10일
초판발행 _ 2021년 2월 16일
지은이 _ 김영래
발행인 _ 홍순창
발행처 _ 토담미디어
서울 종로구 돈화문로94, 302(와룡동, 동원빌딩)
전화 02-2271-3335
팩스 0505-365-7845
출판등록 제300-2013-111호(2003년 8월 23일)
홈페이지 www.todammedia.com
ISBN 979—11—6249—099—0